优秀传统文化进校园推荐教材

HUI CAI ZIMI

慧猜字谜

主　编　高秀玲

副主编　孙凤珠　戴成龙

语文出版社

· 北京 ·

图书在版编目（CIP）数据

慧猜字谜 / 高秀玲主编. -- 北京 : 语文出版社,
2020.8
ISBN 978-7-5187-1096-6

Ⅰ. ①慧… Ⅱ. ①高… Ⅲ. ①汉字－谜语－青少年读
物 Ⅳ. ①I277.8

中国版本图书馆CIP数据核字(2020)第115720号

责任编辑　唐　飞
装帧设计　霍成杰
出　　版　语文出版社
地　　址　北京市东城区朝阳门内南小街51号　100010
电子信箱　ywcbsywp@163.com
排　　版　河北衡水智通电脑有限公司
印刷装订　北京市科星印刷有限责任公司
发　　行　语文出版社　新华书店经销
规　　格　890mm × 1240mm
开　　本　A5
印　　张　5.875
字　　数　84千字
版　　次　2020年8月第1版
印　　次　2020年8月第1次印刷
印　　数　1－8,000
定　　价　29.80元

010-65253954（咨询）010-65251033（购书）010-65250075（印装质量）

前　言

谜语是我国传统文化中一颗璀璨的宝石，是华夏艺苑中一朵绚丽绽放的鲜花；是一种文字游戏，一种智力活动。谜语、京剧、国画和书法一起被世人誉为“华夏四绝”；谜语、象棋、围棋和桥牌又统称为“智力体操”。

2008 年 6 月，谜语经国务院批准列入了第二批国家级非物质文化遗产名录。它是我国劳动人民集体智慧创造的文化产物，具有很强的生命力。我们在从中汲取智慧和精神力量的同时，更应该传承和发扬谜语的精神内蕴。2017 年，中共中央办公厅、国务院办公厅印发了《关于实施中华优秀传统文化传承发展工程的意见》(下文简称《意见》)。《意见》指出，要围绕立德树人根本任务，遵循学生认知规律和教育教学规律，按照一体化、分学段、有序推进的原则，把中华优秀传统文化全方位融入思想道德教育、文化知识教育、艺术体育教育、社会实践教育各环节，贯穿于启蒙教育、基础教育、职业教育、高等教育、继续教育各领域。以幼儿、小学、中学教材为重点，构建中华文化课程和教材体系。《慧猜字谜》这本书就是在这样的大背景下应运而生的。

《慧猜字谜》一书分为25讲，详细介绍了字谜的猜射方法和技巧，对初学者及有一定猜射经验的学生都会有很大的帮助。中国职工灯谜协会会长于磊对本书给予了高度评价。他说：“《慧猜字谜》一定会成为中小学师生喜欢的一本好书。书中每一讲配以‘规律特点’‘注意事项’‘实例解析’‘猜谜能手’‘亲子时光’等项目，很适合现在的中小学学生和家长共读；内容通俗易懂，寓教于乐，极具普及性；谜面健康，富有正能量，有益于身心健康。我们不刻意追求学术，只是在普及中提高广大读者猜射谜语的能力，相信它定会成为一本很好的谜语普及读物！”

编　者

2020年2月

目录

字谜常识

谜语是民间文学中重要的一部分，是指暗射事物或文字等供人猜测的隐语，也可引申为蕴含奥秘的事物。

谜语具有知识性、思想性、趣味性、艺术性、群众性五大特性，具有娱乐身心、增识益智和宣传教育三大作用。

谜语分为物谜、事谜和字谜三种。其中，我国传统字谜主要是根据方块字笔画繁杂、偏旁相对独立、结构组合多变、多音字别解、句子停顿位置不同、意思差异等的特点，运用离合、加减、象形、会意等多种方式创造编制的。普通谜语计算单位称“条”；个别文句较多的谜语称“则”。字谜特点是四变：形（象形、指事）变之巧；义（多义、会意）变之趣；音（同音、多音）变之奇；思（逻辑、推断）变之妙。字谜的原则是：必成文（单个汉字充当谜面之外的所有谜面，其字词的组合必须合乎语法）；不露面（谜面不能出现谜底的字）；不直接（不可直接表述谜底含义）；不余字（谜面不存在与谜底无关的多余字）；不含糊（谜面有明确指向，符合客观事实，合乎逻辑，语言顺畅，积极向上）。

谜语由谜面、谜目、谜底三个基本要素组成，这三部分缺一不可。字谜亦如此，现以字谜为例：

种花要除草，一人来一刀。	（4笔字）	化
谜面	谜目	谜底

谜面是猜谜者思考的依据，是谜语的主要部分，是制谜时说出或写出的以隐语形式表达、描述谜底的形象、性质、功能等特征，供人们猜射用的说明文字，即谜语提出问题的部分。谜面通常由精练而富于形象的诗歌、民谣等韵文或短语、词、字组成。谜面文字要求简洁、明了、通俗易懂。谜目是给谜底限定范围，即让猜谜者猜什么东西，往哪方面猜。如“猜一字”，就是猜一个字，不能多猜字，也不能猜成别的物品。即便猜成别的物品也能扣合谜面，仍算没有猜中。如谜面“口”（猜一几何名词），谜底是“圆周”，意思是“圆”字的周边；它还可以被猜成“点心”，意思是“点”字的中心，但它不符合谜目的要求。反过来，如果设定谜目是“猜一食品名”，谜底就只能是“点心”。根据谜目“猜时间用语二”，“口”还可以猜出谜底“下周、周末”；根据谜目“猜一地理名词”，“口”还可以猜出谜底“国境线”等等。字谜的谜目一般标出谜底字是几笔字，便于猜谜者验证猜射是否正确；笔画为1、2、3笔的标注“（少笔字）”；笔画为15笔及以上的标

注“（多笔字）”。谜底是要人们猜射的事物本身，即谜面所提问题的答案。谜底既要符合谜面的内在含意，又必须符合谜目所限定的范围。谜底的范围很广，如字、词、句、人名、地名、国名、动物、植物、衣食住行等，大到宇宙空间，小到微观粒子，都可以入谜。

字谜是万谜之源。本书全部是“一字谜”，即谜底都是单个汉字。词句精练，通俗易懂。谜面涵盖天文、地理、历史、物理、化学、数学、生物、艺术、体育、互联网、人工智能等多门学科知识以及日常生活的方方面面。《慧猜字谜》旨在打开孩子们的好奇心，激励学生动脑思考，强化求知欲；积极参与猜谜游戏，提升竞争意识；同学、家人之间切磋，增进沟通和了解；以谜会友，提升社交能力；锻炼交流沟通和语言表达能力。

亲爱的同学们，让我们一起在《慧猜字谜》的海洋里遨游，去体验它的奥妙和魅力吧！

第一讲　增加法

增加法也称“增形法”“增补法”等，是根据谜面所提供的信息，通过增加“部件”（包括笔画、偏旁、部首、文字等），来找到谜底的方法。

规律特点

猜这类字谜，要抓住谜面中的关键字（词），即“谜眼”。常用的关键字（词）有：到、来、会、和、要、集合、参加等，依此弄清在哪个部分添加什么“部件”。

所要添加的部件，在谜面中或做明示或做暗示，需猜者做正确判断。比如，“直”理解为“丨”；“一直”理解为“丨”或“十”；“码头”理解为“码”字前头的“石”等等。

注意事项

所添加的部件是什么，还应别解一些字的意义。如：作“刚才”讲的“方”可别解成方框形状的“口”；表时间的“一点”可别解成写作一个标点的“、”。

实例解析

例　一点车到厂（7笔字）库

解析：谜面中的“一点”表示时间，而在猜时，实际别解成“、”。“、”“车”到“厂”里，得到“库”字。

例 少先队云集（6笔字）会

解析：“少”别解为“减少”，“先队”理解为“队”字之先的部件“阝”，那么“少先队”则余下“人”，再与“云”集合，便可得出“会”字。

例 后勤上前方（5笔字）另

解析：“后勤”，即“勤”的后半部分“力”；“上”在此是谜眼，作为暗示的动词；“方”，即方框，乃“口”。从而组成新字“另”。不能猜成“加”字，因为谜面有“前”作提示，即“方”在“力”前。

例 十二点方到（8笔字）国

解析：“十二点”组为“玉”；“方到”就是方块到，即“口”到，与“玉”构成“国”。

例 不受尘埃一点侵（7笔字）社

解析：谜面“尘埃”别解为“土”；“不”字“侵”入一个“点”，成“礻”；二者组合成“社”。

例 灾后重建进一言（10笔字）谈

解析：“灾后”是“火”字，“重建”意为再加一个“火”字，成为“炎”，“进一言”就是给“炎”加上“讠”，得到谜底字“谈”。

例 桥头相依清风里 （6笔字） 机

解析：“桥头”扣合“木”字；“清”别解为“清除”，清除“风里”，剩余“几”，再与“木”“相依”就得到“机”字。

例 人前背后要一致（6笔字） 有

解析：谜面立意似警言，光明磊落做好人。“人前”扣合“人”字的前一笔“丿”，“背后”是指“背”字后写的“月”字，“要一”即为“丿”“月”要和“一”三个字素组合，得出谜底字为“有”。

例 码头上岸到岭前 （10笔字） 础

解析：“码头”扣“石”，“上岸”扣“山”，“岭前”扣“山”，“石”“山”“山”三个字组合为谜底“础”字。

例 有雄心，上电大，重塑自我 （10笔字） 俺

解析：“有雄心”理解为有“雄”字的中心字素“亻”；“上电大”是实用“电大”二字，与“亻”组合为“俺”字；最后一句是会意，“俺”有“自我”之意。

猜谜能手

◆ 比一比：哪个小组是第一？

1. 女子组（6笔字）
2. 喜上心来（7笔字）
3. 一直和睦（9笔字）
4. 直出浮云间（5笔字）
5. 乞求添上一横眉（4笔字）
6. 四点在校前集合（8笔字）
7. 一直和党心连心（8笔字）
8. 缺席之后又补位（9笔字）
9. 高考复习一日安（13笔字）
10. 一定要戴口罩出门（7笔字）

◆ 赛一赛：看谁猜得快。

11. 四点能到（14笔字）
12. 又到日落时（5笔字）
13. 人人口戴口罩（9笔字）
14. 分配一人到位（6笔字）
15. 人要一直虚心（6笔字）

16. 一尺多一点点 （6 笔字）
17. 又随心又顺耳 （13 笔字）
18. 向空中撒大米 （12 笔字）
19. 有计划，底气在 （5 笔字）
20. 一满月，人高兴 （11 笔字）

◆ 亲子时光：我和家人一起猜！

21. 迁进一口 （9 笔字）
22. 准点到达 （11 笔字）
23. 床上枕头 （11 笔字）
24. 码头一角 （12 笔字）
25. 桥头奇遇 （12 笔字）
26. 心宽无牵挂 （7 笔字）
27. 来日比高低 （8 笔字）
28. 出手也一般 （13 笔字）
29. 一心要就业 （10 笔字）
30. 戴口罩，主动点 （8 笔字）
31. 一旦到手有责任 （8 笔字）
32. 冀中永远放心上 （9 笔字）

33. 全党上下一条心 （6 笔字）

34. 出门应该戴口罩 （6 笔字）

35. 寺前拴了一头牛 （10 笔字）

36. 双双携手一同去 （13 笔字）

37. 莫与帝后有牵连 （13 笔字）

38. 疫情当前戴口罩 （11 笔字）

39. 二月共同在一起 （12 笔字）

40. 来日要见意中人 （10 笔字）

41. 安全至上抓重点 （8 笔字）

42. 人马一到就高兴 （10 笔字）

43. 老两口一见就喜爱 （13 笔字）

44. 对口支援，点赞爱心 （9 笔字）

45. 用户至上，多点奉献 （9 笔字）

46. 一直向上，不偏不斜 （5 笔字）

47. 中国排球，后继有人 （6 笔字）

48. 先进单位，团结有方 （10 笔字）

49. 二小二小，头上长草 （13 笔字）

50. 两点到京，感觉到冷 （10 笔字）

51. 四方士常在，祥和又安泰 （6 笔字）

52. 干多了一点，自有决定权 （5 笔字）

53. 心向党中央，紧跟党中央 （9 笔字）

54. 一万多一点，包成豆腐块 （4 笔字）

55. 一弓搭二箭，宝贝藏下面 （9 笔字）

56. 穿下不穿上，站在院左旁 （6 笔字）

57. 一人一张口，口下长出手 （10 笔字）

58. 四方来合作，贡献大一点 （多笔字）

59. 点点落实安全，人人都会珍惜 （8 笔字）

60. 一点高兴进厂里，随声相和心欢喜（7 笔字）

第二讲　减损法

减损法也叫“减形法”。在谜面中巧妙安排减损词，暗示从某字中减掉某“部件”（即笔画、部首或偏旁等），使之构成新字，即为谜底。

规律特点

减字谜中，有表示“减少”“去掉”等意思的文字。如：离、走、去、飞、别、无、差、除、斩、不来、不在、清除、掉下、吃尽等。

谜底隐藏于谜面之中，其关键是从谜面中找到所减除部件的“减损词”。

注意事项

只要把应减掉的部件剔除，谜底自然呈现。

实例解析

例　她也不来（少笔字）女

解析：“不来”是分离、走开之意，是减损词。谜面就理解成“她”中的“也”分离，剩“女”字。

例　挥手告别（6笔字）军

解析：“告别”是减损词。谜面就理解成“挥”字的“手（扌）”走了，剩“军”字。

例 骑马可去（少笔字）大

解析：“去”是减损词。谜面就理解成“骑”里的“马”“可”去掉，剩“大”字。

例 乘人不备（8笔字）乖

解析：“不备”，就是不具备，是减损词。谜面就理解成“乘”字的“人”去掉，则剩“乖”字，即为谜底字。

例 逛闹市，散闷心（少笔字）门

解析：“逛”“散”都有离开的意思，是减损词。即“市”从“闹”中去掉，剩下“门”；“心”从“闷”中去掉，剩下也是“门”。经过两次减损，得出谜底为“门”。

例 花草凋零人离去（少笔字）七

解析：“凋零”“离去”都有消失之意，是减损词。“花”去“草（艹）”剩“化”，“化”再去“人”剩“七”。

例 再去一笔也是字（5笔字）冉

解析：“去”是减损词。从“再”字中去掉“一”的笔画，是“冉”。

例 车辆行驶避行人（5笔字）丙

解析：“车辆行驶”即“辆”的“车”行驶后剩下“两”字，“避行人”即“两”字再避行“人”，余下“丙”字。

例　府中付出多（少笔字）广

解析：“出”是减损词。谜面就理解成“府”中的“付”去掉，剩“广”。

例　有条字谜不难猜，一脚把它踢出来（8笔字）易

解析：第一句用“不难”暗示谜底是“易”。第二句中“出来”是减损词，“脚”即“足”之意，谜面就理解成“踢”中去掉“足（⻊）”剩“易”。

猜谜能手

◆ 比一比：哪个小组是第一？

1. 藏羚羊（5笔字）
2. 河水干了（5笔字）
3. 没有势力（6笔字）
4. 仙人走了（少笔字）
5. 停止进人（9笔字）
6. 鞋不沾土（9笔字）
7. 断了烟火（6笔字）

8. 打手出界 （少笔字）

9. 旭日东升 （少笔字）

10. 倘若无人来 （8 笔字）

◆ 赛一赛：看谁猜得快。

11. 拍下手 （5 笔字）

12. 开大奔 （5 笔字）

13. 不言谢 （10 笔字）

14. 占店腾空 （少笔字）

15. 悲从心起 （8 笔字）

16. 案中逃脱 （7 笔字）

17. 用心构思 （5 笔字）

18. 学有重点 （6 笔字）

19. 有心得志 （少笔字）

20. 没有鬼魂 （4 笔字）

◆ 亲子时光：我和家人一起猜！

21. 收回拳头 （4笔字）

22. 座中无人 （6笔字）

23. 一语道破 （7笔字）

24. 佳人不再得 （6笔字）

25. 只怕不用心 （5笔字）

26. 上下都除草 （4笔字）

27. 人要低调点 （4笔字）

28. 会上人离开 （4笔字）

29. 今已不矜持 （5笔字）

30. 用力一手抛 （少笔字）

31. 俺大人不在 （5笔字）

32. 主见差一点 （8笔字）

33. 无雨零点起飞 （4笔字）

34. 昨日去人联系 （7笔字）

35. 不盲目，心不忘 （少笔字）

36. 除掉小人儿平安 （6笔字）

37. 千姿百态一一开 （7笔字）

38. 森林被毁地也荒 （7笔字）

39. 扫尽残雪入闺中 （9笔字）

40. 干到离休人退位 （7笔字）

41. 几点起航一同去 （6笔字）

42. 不努力又岂能收获 （少笔字）

43. 吹竹笛，倒数第一 （5笔字）

44. 把手放下，张口就来 （7笔字）

45. 清除砾石，身心愉悦 （5笔字）

46. 脱下衣装，结实健康 （6笔字）

47. 吃尽苦头，清除枯木 （5笔字）

48. 握手告别，进了房间 （9笔字）

49. 把手松开，闭上嘴吧 （4笔字）

50. 提前离开，一一告别 （7笔字）

51. 短处一点一点克服掉 （8笔字）

52. 提起孩子，应该是后生 （6笔字）

53. 鲤鱼跳出来，水不在缸外 （7笔字）

54. 一寸少一点，似乎有缺点 （少笔字）

55. 宁愿抛头颅，何须失人格 （少笔字）

56. 盐放得太多，感觉不用心（9笔字）

57. 减少集体活动，就是心系中国（5笔字）

58. 去掉四个熊掌，变得什么都行（10笔字）

谜底在这儿

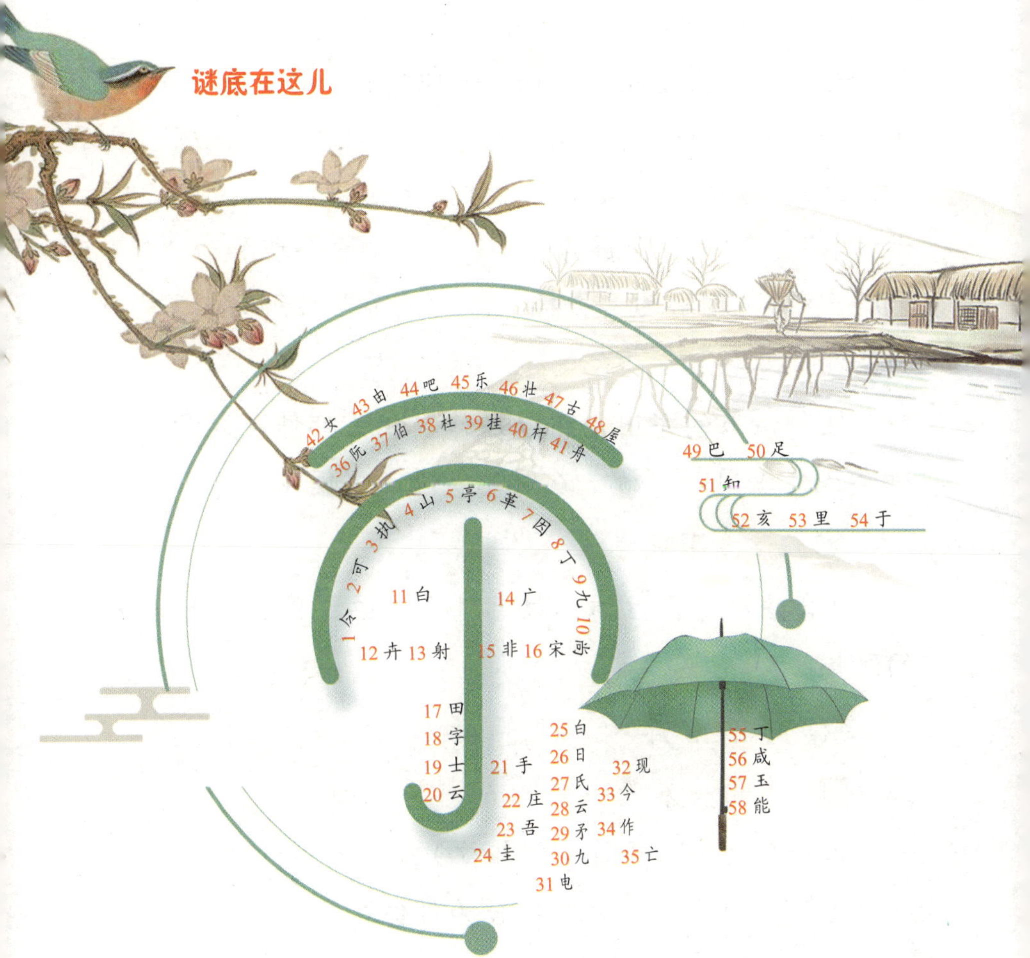

第三讲　离合法

离合法也称“组合法”，“合形法”“组字法”，是将谜面有关的部件(字、偏旁、笔画等)重新组合成新字，即为谜底。

规律特点

谜面中有提示组合的词，一般用和、合、并、同、聚、连、与、组、来、加、会等词。如：“树”“植树”表示“木”；“方块”“四方”“方”表示“口”；“春”表示“木”；“手”理解为“扌”；“个个”理解为“⺮”；“节”“省”理解为“去掉”；“高节”理解为“节”字的高处“艹”等等。

把所借来的字用于组合操作，相关部件在谜面上作明确交代，或用一句话，或用某成语、字词等。

注意事项

离合法猜字，注意抓住部件（笔画、偏旁或部首等）的结构。

实例解析

例　首付一万多一点　（6笔字）　仿

解析：“付”的首（即部首）是“亻”；“万多一点”即“方”。“亻”“方”组合为“仿”。

例　做人以立品为先（10笔字）倍

解析：“人”理解为“亻”，“品为先”乃“口”，与“立”三者组成“倍”。

例　中国腾飞唱起来（6笔字）回

解析：“中国腾飞”，即“国”中间部分飞走，剩“囗”；“唱起来”，即“唱”的起始部分“口”；两者组合成“回”。

例　先讲一下百分比（11笔字）谐

解析：“百分”即把“百”字分开，分成“一”“白”两字；“一下”别解为下去、删除，即从“一”“白”中删除“一”；“先讲”即“讲”之先“讠”。“讠”“白”“比”组合成“谐”。

例　有点不良，停止进口（13笔字）跟

解析：“有点不良”说明无点为“艮（音：gèn）”，停“止”“进口”后与“艮”组合，成为谜底“跟”字。

例　砍伐森林，水必流失（11笔字）梳

解析：此谜从字的结构入手分析，“森”砍去“林”余“木”，核心字“流”失去“水”剩下的部分，与“木”组合为谜底“梳”字。

例　在家呆着一同过春节（14笔字）豪

解析：谜面把“家”“呆”“一”三个汉字一口气拿

下来，重新组装，若组成“豪”字，正好多余一个“木”字。“春”正好属“木”，十分贴切的又是“春节”时刻，巧妙地使用“春节”一词，除掉了“木”字，谜底“豪”字准确展现。

例　离开北大，心中一直牵挂（8笔字）奔

解析：谜面别解为离散的“开”字和位于北方的“大”字，两者心中有“一直”即“竖笔”牵连悬挂，即可组合得出谜底“奔”字。另一解法为离去“开”之北部“一”，余下“廾”，“廾”与“大”二者心中有“一”和“直”牵挂着，自然组合成“奔”字。真可谓异曲同工，奇妙无比！

例　贪官先后被拿下，供出一人也拿下（14笔字）赛

解析：“贪官先后被拿下”就是“贪”的上部分被拿下，余“贝”；“官”的后部分被拿下，剩“宀”；“供出一人也拿下”即“供”字的“亻”拿下，剩余“共”字；“一”字谜底实用，则有“贝”“宀”“共”“一”四个字素组合为“赛”字。

例　双方一直有联系，开张之后多一点（12笔字）强

解析：“双方”是两个“口”；“一直”是“一竖和下面的一横”，“开张之后多一点”表示“张”字之后离开，剩“弓”，“多一点”放一横后面，组合起来就是谜底“强”字。

猜谜能手

◆ 比一比：哪个小组是第一？

1. 一定保晚节　（7笔字）
2. 休要丢人现眼　（9笔字）
3. 闭嘴吧，先来扶　（7笔字）
4. 接触后，先隔离　（多笔字）
5. 安全为先抓重点　（7笔字）
6. 海峡两岸，山水相依　（6笔字）
7. 朋友别后，会再相逢　（6笔字）
8. 千口一家，千古共存　（6笔字）
9. 只顾前行，不见后影　（多笔字）
10. 上下抓安全，一点不放松　（8笔字）

◆ 赛一赛：看谁猜得快。

11. 一枪刺后伤犹见　（6笔字）
12. 寸土相连永不离　（9笔字）
13. 这一半放到后面　（6笔字）
14. 同舟联手除疫病　（13笔字）
15. 离职之后又重逢　（10笔字）

16. 年终岁尾不缺鱼米 （多笔字）

17. 以德为先，以正为要 （8 笔字）

18. 有人做主，安居幸福 （7 笔字）

19. 今天过后，一月一日 （8 笔字）

20. 同心向上，砥砺前行 （15 笔字）

◆ 亲子时光：我和家人一起猜！

21. 汲水去植树 （7 笔字）

22. 前线总攻前 （6 笔字）

23. 俗人去汕头 （10 笔字）

24. 有何不可言之 （9 笔字）

25. 安排女子参与 （6 笔字）

26. 既偏心，又盲目 （6 笔字）

27. 车来了，还不走 （7 笔字）

28. 一把火，家底光 （7 笔字）

29. 脱贫后，露两手 （12 笔字）

30. 单人旁，有依靠 （12 笔字）

31. 好兆头，到村头 （10 笔字）

32. 富足之后要上进 （8 笔字）

33. 躬身自省是长处　（7 笔字）

34. 献点爱心带好头　（6 笔字）

35. 有爱国心显高节　（10 笔字）

36. 个个都是节俭人　（13 笔字）

37. 中国人创新点子高　（9 笔字）

38. 失去的友爱又回来　（8 笔字）

39. 又进几手东方航空　（13 笔字）

40. 清明节前一直多云　（11 笔字）

41. 偏心学习，二等成绩　（4 笔字）

42. 挖掉穷根，立了头功　（8 笔字）

43. 大有可为，可有奔头　（8 笔字）

44. 休得横行，坚守人本　（7 笔字）

45. 心存高节，不忘初心　（多笔字）

46. 有了点子，才有主见　（8 笔字）

47. 目只识丁，看得更清　（7 笔字）

48. 有言在先，寸土不让　（8 笔字）

49. 吃尽苦头，好的开头　（8 笔字）

50. 人要同心，拿得出手　（6 笔字）

51. 困难之中，人解困境　（6 笔字）

52. 加工出口，创造成就 （5 笔字）

53. 因何吃大亏，源于到处吹 （6 笔字）

54. 两人都做主，协助向前行 （8 笔字）

55. 上面虽切断，下面仍有电 （14 笔字）

56. 务必出力一点点，乡下变样做贡献 （8 笔字）

57. 上面瞪着两眼，推到下面撒手不管 （多笔字）

58. 发奋改革咱先上，人要实干品行高 （11 笔字）

第四讲　拆半法

拆半法或称“取半法”“半字法”，是通过选取某字或某多字的半个构件（即笔画、偏旁或部首等），进行重新组合新字的方法。

规律特点

抓住谜面中的“半”“一半”等词，文字互相关联，比较容易找到谜底。谜底字一般为左右结构或上下结构。

拆半法特点为猜射者指示取用的部分。如“爱心”即“爱”字中心，乃“冖”；“树中”即“树”的中间部分，乃“又”；“军帽”即“军”字之帽，乃“冖”等等。

注意事项

注意找准应拆并的字，不要被迷惑人的字词所干扰。

实例解析

例　半导体（5笔字）付

解析：“半导体”即“导体”的半部分，“导”拆成“巳”“寸”；“体”拆成“亻”“本”；选取这四个部件能组合的字，即为“付”。

例　你我左右伴（6笔字）伐

解析：即“你”的左是“亻”；“我”的右是“戈”。“伴”是指示“亻”“戈”组合一起，即为“伐”。

例　岁岁除夕团聚（5笔字）出

解析：“岁岁除夕”即从“岁岁”除去“夕”，余下“山山”“团聚”，合成“出”。

例　走在前，跟在后（9笔字）垠

解析：谜面中，“走在前”指“走”的前乃“土”，“跟在后”指“跟”的后乃“艮”，二者组合为“垠”。

例　记一半，忘一半（7笔字）忌

解析：“记”的一半，可以是“讠”，也可以是“己”；“忘”的一半，既可是“亡”，又可是“心”。“己”“心”搭配，能组成“忌”。

例　失恋后从头开始（9笔字）奕

解析：“失恋后”指“恋”字失去了后半部分，剩下“亦”；“从头”指“从”字的头部，即“人”；“开始”指“开”字的起始一笔，即“一”。三者组合成谜底字“奕”。

例　奋力合作大扫除（7笔字）男

解析：“奋”“力”结合在一起，并将其中的“大”字“扫除”掉，可得一“男”字。显然，谜面上的“合作”

是表示加，“扫除”表示减。“奋”+“力”-“大”，得到谜底“男”字。

例　对半对半，成对有伴（4笔字）双

解析：“对”字取一半，即“又”或“寸”；两个“对半”，即为“双”字。“双”与“对”的字义相同。

例　拆东补西，一点没用（8笔字）祈

解析：“拆”字东是“斥”，“补”字西是“礻”，“斥”和“礻”中“一点没用”，再组合成为“祈”字。

例　请字开头，谢字结尾（5笔字）讨

解析：“请”字开头部分是“讠”，“谢”字结尾部分为“寸”，合并成谜底“讨”字。

猜谜能手

◆ 比一比：哪个小组是第一？

1. 后学要紧跟（6 笔字）
2. 早上逃走一半（10 笔字）
3. 吃一半，扔一半（6 笔字）
4. 走红之后散金钱（8 笔字）
5. 腼腆遮去半面妆（8 笔字）
6. 困苦之中又相逢（8 笔字）
7. 爱心寄与笔底情（5 笔字）
8. 江边日下两倾心（11 笔字）
9. 半是福来半是灾（12 笔字）
10. 天际飘云月半遮（10 笔字）

◆ 赛一赛：看谁猜得快。

11. 先苦后甜（8 笔字）
12. 说对一半（5 笔字）
13. 先先后后（7 笔字）
14. 要负责到底（11 笔字）

15. 红粉只要一半（7笔字）

16. 马闯出，人进入（5笔字）

17. 要一半，扔一半（5笔字）

18. 半阴半晴看日照（6笔字）

19. 半青半黄半收成（12笔字）

20. 半是清醒半沉醉（10笔字）

◆ 亲子时光：我和家人一起猜！

21. 该省则省（8笔字）

22. 半粗半细（8笔字）

23. 暗淡无光（8笔字）

24. 半价出售（13笔字）

25. 儿孙各一半（7笔字）

26. 百姓有盼头（10笔字）

27. 八方支援前线（8笔字）

28. 酒后不要吃头孢（8笔字）

29. 低头不见抬头见（8笔字）

30. 爱友别离又相聚（8笔字）

31. 任凭消失莫心虑（8 笔字）

32. 出一半有何不可（5 笔字）

33. 散尽余热终归土（9 笔字）

34. 出兵前后巧安排（8 笔字）

35. 话别之后弃前嫌（12 笔字）

36. 妇科一半靠中医（13 笔字）

37. 选出优秀各一半（12 笔字）

38. 困难之中，方显团结（9 笔字）

39. 半途而废，前功尽弃（5 笔字）

40. 街头街尾，漫步走走（6 笔字）

41. 多补一半，不在里边（5 笔字）

42. 半耕半读，先生上课（6 笔字）

43. 一边有钱，一边缺钱（9 笔字）

44. 砍了一半，匠心出错（8 笔字）

45. 打破常规，自发组合（9 笔字）

46. 谅解之后，不计前嫌（12 笔字）

47. 心急没用，要靠行动（12 笔字）

48. 猜着一半，擦亮双眼（13 笔字）

49. 先进楷模，名扬四方（11笔字）

50. 毁之一旦，乃疏忽之心（8笔字）

51. 台上无人坐，三番请上台（9笔字）

52. 出勤不出力，只说不兑现（13笔字）

53. 溜一半，炒一半，烧一半（11笔字）

54. 风里来，雨里去，一蒿相助（7笔字）

55. 无私之后品为先，名利始终抛一边（8笔字）

谜底在这儿

	1 好	2 晁	3 扣	4 线
5 朋	6 枝	7 写	8 混	9 富
10 套	11 苷	12 讨	13 告	14 婴
15 纷	16 闪	17 奶	18 阳	19 散
20 酒	21 刻	22 组	23 泣	24 催
25 吼	26 眠	27 织	28 泡	29 抵
30 受	31 虎	32 仙	33 垫	34 岳
35 谦	36 矮	37 嵇	38 保	39 边
40 行	41 外	42 讲	43 钦	44 欧
45 觉	46 谦	47 趋	48 晴	49 梦
50 易	51 垒	52 谨	53 淡	54 希
		55 和		

第五讲　方位法

方位法是通过方位词提示，对笔画部件作相应取舍，从而得出新字。

规律特点

指示方位的字常有：上、下、左、右、东、南、西、北、头、尾、始、末、前、后、中、心、内、里、外、边等，一旦出现在谜面中，会为猜谜者提供重要线索。

如："天上"即"天"字之上，乃"一"，"其中"即"其"字之中，乃"二"。同理，"真心"乃"三"，"泗东"乃"四"，"高衔内"乃"五"，"交头"乃"六"，"虚心"乃"七"，"空心"乃"八"，"终究"乃"九"，"田心"乃"十"，"点心"乃"口"，"树心"乃"又"，"前方""四方""大方"可能是"口"，"花冠"乃"艹"，"燕北"乃"廿"，"带头"乃"卅"，"小心"乃"亅"等等。

注意事项

与阅览的地图方位是一致的，即上北下南，左西右东。

实例解析

例 搬东西（7笔字）投

解析：“搬”字的东西两侧，即左右偏旁重新组合。

例 上阵去（4笔字）车

解析：以左为上，先写左边。“阵”字左边“阝”去掉，剩下“车”为谜底。

例 提前竞赛（7笔字）批

解析：“提”的前部是“扌”，“竞赛”即比赛，扣“比”。“扌”和“比”组合成“批”字。

例 上下团结如一人（10笔字）娱

解析：上的下是“一”，团结是合，“如一人”和前面的“一”组合成谜底“娱”字。

例 提前来到和尚庙（9笔字）持

解析：“和尚庙”也可说为“寺庙”。“提”的前部是“扌”，与“寺”组合为“持”。

例 钱被埋在土底下（8笔字）幸

解析：“土”字下面，是“钱”，即人民币的货币符号“¥”，组合为“幸”字。

例 加一横在天上，加二横在脸上（少笔字）口解析：“口”字加上“一”，就是“日”字，“日”在天上；“口”字加上“二”就是“目”字，“目”指眼睛，“在脸上”。

例 说它小，下边大；说它大，上边小（6笔字）尖

解析：“尖”字是上下结构，上边“小”，下边“大”。

例 挖西边，补东边；拉前边，卡下边（5笔字）扑

解析：按地图方位标示的惯例，即“上北、下南、左西、右东”，“挖”字的西边即左边是“扌”，“补”字的东边即右边为“卜”，二者合起来是“扑”字。后一句进一步印证谜底的确为“扑”字。

例 上边水中居民，下边云里藏身；上边有骨有肉，下边发热发光（12笔字）鲁

解析：“鲁”字上面是“鱼”，鱼在水里生活，作为一道菜有骨也有肉；下面是“日”，俗话说“拨云见日”“云开日出”，太阳常在云里穿行，既能发热，又能发光。

猜谜能手

◆ 比一比：哪个小组是第一？

1. 河中蝌蚪游 （8 笔字）
2. 孔雀东南飞 （6 笔字）
3. 先上去，后下来 （5 笔字）
4. 霜降后，下雪了 （8 笔字）
5. 一片归帆西边来 （6 笔字）
6. 上下结合求一致 （5 笔字）
7. 可上可下，年龄他大 （10 笔字）
8. 针头线尾，取之有道 （10 笔字）
9. 太阳西边下，月儿东边挂 （8 笔字）
10. 十字在当中，四面炮弹轰 （6 笔字）

◆ 赛一赛：看谁猜得快。

11. 水流到台前 （8 笔字）
12. 保险丢东西 （9 笔字）
13. 来到塞北迷前路 （9 笔字）
14. 村前场后紧相连 （7 笔字）

15. 零落雨点在东郊 （7笔字）

16. 不正之人走后门 （5笔字）

17. 将去东南闯天下 （9笔字）

18. 娇女出游离东楼 （10笔字）

19. 束在里面，吹散两边 （14笔字）

20. 顾前不顾后，只为要争先 （6笔字）

◆ 亲子时光：我和家人一起猜！

21. 平生显高节 （8笔字）

22. 先松绑，后挂帅 （9笔字）

23. 陕西省，西安人 （8笔字）

24. 开放东部带好头 （7笔字）

25. 左邻右舍关系好 （8笔字）

26. 开发西北有雄心 （4笔字）

27. 评语说人要虚心 （6笔字）

28. 一路西行劲头足 （8笔字）

29. 学上段，会下段 （9笔字）

30. 心恳切，跑在前 （13笔字）

31. 毕业之后去浦东（10 笔字）
32. 花前、池边、圃中（13 笔字）
33. 江水奔流，顺川而下（9 笔字）
34. 西部开发，教育先行（6 笔字）
35. 从上至下，广为团结（10 笔字）
36. 左右开弓，百发百中（12 笔字）
37. 下江东，党员共同抗疫（8 笔字）
38. 留下一片心，多动动脑筋（9 笔字）
39. 太阳挂树端，课前发了言（8 笔字）
40. 毕业就下乡，垄上地头忙（少笔字）
41. 上下都有草，中间活不了（12 笔字）
42. 西风紧，尘土扬，独行天下（多笔字）
43. 左边一千不足，右边一万有余（6 笔字）
44. 东西南北不插秧，火速回来过中秋（9 笔字）
45. 左手拿枪右手刀，不去南方打强盗（5 笔字）
46. 岗上有一羚羊跑，下令上山都去找（8 笔字）
47. 南面有水清又清，西面有水船不行（5 笔字）
48. 上下左右转着看，都是八十八条汉（6 笔字）

49. 去晋北，到燕南，扶贫致富无后先（13 笔字）

50. 小心横上面，足下进中间，虫在下边玩（11 笔字）

51. 外边大口，里面小口；放学早归，家人不忧（6 笔字）

52. 左边是月，右边是土；要想猜对，摸摸腹部（7 笔字）

53. 左边地里种，右边炉里生；左边饱人肚，右边暖人身（9 笔字）

54. 左一伙外露胆怯，右一伙也有退意，中间只有一个去，走的时候撞着地（11 笔字）

55. 上边是窟窿，下边是窟窿；上边窟窿在地上，下边窟窿在天上；上下一块还窟窿，窟窿就在屋子中（12 笔字）

谜底在这儿

第六讲　包含法

包含法也叫“暗示法”，是从谜面各字中提取共同部件（偏旁或部首）的一种猜谜方法。

规律特点

谜底隐藏在谜面的字中，谜面中常带有“都不少”“能找到”“都不缺”“都不差”“都有”之类的提示词。一旦识破，谜底即得。

注意事项

被包含字一般是“独体”或少笔字。须静心分析，联想思考。

实例解析

例　桌椅箱柜都不差（4笔字）木

解析：“都不差”是说“桌”“椅”“箱”“柜”中都含“木”，因此谜底为“木”。

例　提倡晚婚，个个有份（4笔字）日

解析：“个个有份”暗示“提倡晚婚”四字中，都含“日”字，谜底是“日”。

例　甜咸苦辣各味俱备（少笔字）口

解析：“俱备”说的是“甜咸苦辣各味”中，都包含“口”，得出谜底为“口”。

例　共勉励，同拼搏，齐呐喊（8笔字）拐

解析：“共”是指“勉励”两字中共有的部分乃“力”；“同”说的是“拼搏”两字中相同的部分乃“扌”；“齐”说的是“呐喊”两字中齐备的部分，乃“口”。“力”“扌”“口”组为“拐”。

例　蝴蝶有，鸳鸯无；蜜蜂有，鹭鸶无（6笔字）虫

解析：“有”说的是“蝴蝶”“蜜蜂”中都含“虫”；“无”说的是“鸳鸯”“鹭鸶”中都没“虫”。因此谜底是“虫”。

例　加快改革，立刀分别，出手夺拐（5笔字）另

解析：“加”字“改革”为“另”；“别”字的“立刀（刂）”去掉后为“另”；“出手夺拐”，“拐”出去“扌”，得出“另”。三部分都是“另”。

例　昨有今无；明有后无；星有月无（4笔字）日

解析：“昨”“明”“星”字都有“日”。

例　走在上边，坐在下边，堆在左边，挂在右边（少笔字）土

解析：“土”在“走”字上边；“土”在“坐”字下边；“土”在“堆”字左边；“土”在“挂”字右边。

例　好婆婆，好媳妇，好姐妹，好姑嫂，好妯娌，处处有（少笔字）女

解析：谜面中的“好婆婆”“好媳妇”“好姐妹”“好姑嫂”“好妯娌”中都有“女”，用“处处”暗示以上所有字。

例　十八大写出共识（6笔字）扣

解析：谜面稍顿开则为“十八/大写/出共识”即“十八”的大写是“拾捌”，它们共有的部分是“扌”“口”，则谜底为“扣”。

猜谜能手

◆ 比一比：哪个小组是第一？

1. 运动会上都参加（4笔字）
2. 蝴蝶蛹里能找到（6笔字）
3. 处处草香暮春时（4笔字）
4. 锅里有，碗里也有（少笔字）
5. 凤有鸡无，虎有狼无（少笔字）

6. 明日之行，共同期望 （4 笔字）
7. 瞪着眼睛瞧，个个都不少 （5 笔字）
8. 你没有他有，天没有地有 （少笔字）
9. 党员高尚品格，处处有体现 （少笔字）
10. 胃下有，背后有，腿上脚边全都有 （4 笔字）

◆ 赛一赛：看谁猜得快。

11. 珍珠玛瑙样样有 （4 笔字）
12. 好姑娘有，如出一口 （少笔字）
13. 除净劣根，闭口别吵 （4 笔字）
14. 有人做伴，满月变胖 （5 笔字）
15. 又在养鸡，开口打鸣 （5 笔字）
16. 躲避过之后，感谢在心中 （7 笔字）
17. 存心有意见，日落就暗淡 （9 笔字）
18. 没有人难为他，有人来他定在 （少笔字）
19. 讲诚信诸都不缺，讲话说道在点上 （7 笔字）
20. 一样的贿赂，一样的角色，崩之速 （13 笔字）

◆ 亲子时光：我和家人一起猜！

21. 桃梅李杏村村有 （4 笔字）
22. 讲空话，走进来 （4 笔字）
23. 驾驶员各个有份 （少笔字）
24. 明有一个，暗有两个 （4 笔字）
25. 有女可爱，以手抚之 （4 笔字）
26. 卧在旁边，藏在心中 （6 笔字）
27. 人在休息，来日结果 （4 笔字）
28. 有心得志，张口吉到 （少笔字）
29. 有人来才信，高兴得赞誉 （7 笔字）
30. 蹦跳跨跃跟，个个向前冲 （7 笔字）
31. 投石穿个洞，见水浪翻涌 （5 笔字）
32. 夺冠军，上阵去，软缺欠 （4 笔字）
33. 有心记不住，有眼看不见 （少笔字）
34. 用心有愿望，江水有源头 （10 笔字）
35. 出手阻拦，用火煮烂，木制栏杆 （5 笔字）
36. 夫要向前，添足易跌，给金成铁 （5 笔字）
37. 下雨长霉，学文敏慧，种草长莓 （7 笔字）

38. 得手真挤，有水经济，刀切制剂（6笔字）

39. 来人之丽，如日之朗，遇水之澈（8笔字）

40. 张省长，弯下头，引领前进一直走（少笔字）

41. 水充沛，很重要，送上门，好热闹（5笔字）

42. 波涛汹涌总在前，争当先进紧相连（9笔字）

43. 有言在前为礼让，争执在后能自安（8笔字）

44. 有人不谦虚，来之游四方，点火煎汤药（10笔字）

45. 去头是字，去尾也是字，去头去尾还是字（5笔字）

46. 帽戴在头，一撇为布，入穴成帘，一点到市（少笔字）

47. 两点开会，有食吃饼，用手打拼，瓦片有瓶（6笔字）

48. 月月相连，两月共边，上有耕田，下有流川（5笔字）

49. 有日晒太阳，有鱼海中王，有言心胸广，有心吓得慌（8笔字）

50. 砖雕和古碑，景点般般有。堂舍同亭阁，故居处处留（少笔字）

51. 有心走得慢，见水装不满。长草难收拾，遇食即可餐（11笔字）

52. 有火腾空而起，有口不能笑谈。有衣能过三九，有水很快就完（5 笔字）

53. 有马傲气十足，有女弱不禁风。有人住在海外，有车却要人抬（6 笔字）

54. 去右可以当官，去左肯定没错。两边都不愿去，生根开花结果（9 笔字）

第七讲　笔画法

笔画法是通过对笔画结构的详细描述，探索得出谜底的猜谜方法。

规律特点

谜面描述了谜底字笔画、结构及组成。猜谜者须熟悉汉字结构及插笔顺序，从学过的汉字中，搜索到谜底。

注意事项

谜面有时并非直接叙述笔画，需要拨开迷雾。如“一撇”可能指的是“一”和“丿”两笔。此时“一”不再是数词，而是取其形参与组合谜底了。再如“一字”，很容易理解为“一个汉字”，实指“字”字本身。有时谜面中的字，人们在猜射时很容易忽略其作用。

实例解析

例　差点一寸　（少笔字）　于

解析：“于”字加上“一点”，就是“一寸”。

例　一字加两点　（8 笔字）　学

解析：谜面不是说任意某个字加两点，那样就会出现多个谜底。比如：“水”加两点成“冰”；“全”加两点

变“金”等。谜面意思是在“一”个“字”上加两点，得到谜底“学”。

例　加上一直减少一点（7笔字）步

解析：初看不知往哪儿加、在哪儿减，无从下手。实际问题出在“上”和“少”两字上，即谜底由“上”加“一直”（丨），得“止”；减去“少”字中的一点；二者组合为“步”。

例　九点会提前到四点（10笔字）热

解析：“九点”在谜底字中有“九”和“、”；“提前”的意思是“提”字前面的“扌”用到谜底字中；“到四点”是指“灬”用到谜底字中。“九”和“、”“扌”“灬”组合成“热”字。

例　一字有六笔，笔笔是斜的（6笔字）众

解析：即谜底“众”字共有六笔，其笔画特点每笔都是斜的。

例　中间一长一短，上下大小各别（8笔字）奈

解析：“一长一短”是“二”，“上下大小”，即在“二”字的上下加“大”“小”两字，组合成“奈”。

例　一撇一竖一点，要用武力制服（6笔字）压

解析：谜面中三个“一”字，容易误解为三个数词，实际各代表了“一横”，出现在谜底中。

例　一点一横平，左边一撇长，里面全空着，谁都说宽敞（少笔字）广

解析：“广”字三笔，一点一横一撇，谜面明确。看了后两句更加证实谜底是“广”字。

例　一个不出头，两个不出头，三个不出头，不是不出头，就是不出头（12笔字）森

解析：谜面颇有趣味，初看摸不着头脑，沉下心来揣摩，抓住关键字“不”。“不”字出头为“木”。前三句交代，谜底的三个“木”字，为“森”。后两句是对前三句的解释，把扣子系得更紧了，也增加了猜射难度和趣味性。

例　一字无横又无直，既无钩来又无提。武官见他要下马，文官见他要作揖（4笔字）父

解析：“父”字共4笔，笔画无横、无直、无钩、无提。没想到谜底前，从后两句可以看出，应该想到“父”字。

猜谜能手

◆ 比一比：哪个小组是第一？

1. 十二点 （4 笔字）
2. 一人一口罩 （6 笔字）
3. 藏有八十几身西装 （13 笔字）
4. 先写半点，后写半划 （9 笔字）
5. 一撇连一撇，同心永相接 （6 笔字）
6. 一横连着错，树边靠村落 （少笔字）
7. 看似圆又圆，写出是九点 （少笔字）
8. 一撇又一点，在竖钩两边 （少笔字）
9. 一横一撇长，车间生产忙 （少笔字）
10. 一点一横一撇，背上有个药包 （4 笔字）

◆ 赛一赛：看谁猜得快。

11. 看是十撇，写共三笔 （少笔字）
12. 一点一横，两眼一瞪 （4 笔字）
13. 心字上面，减少两点 （13 笔字）
14. 一撇挂在三字上，乍看只有寸把长 （7 笔字）
15. 一点一横带方框，生个小儿耳朵长 （10 笔字）
16. 一个钩钩儿在中间，两个角角儿在两边 （4 笔字）

17. 一点一横，二人相并，画了十字，没了性命（8笔字）

18. 上面正差一横，下面少去一点，踩人足迹向前（7笔字）

19. 一点一横在上边，两竖两点在中间，拉起弓箭射得远（9笔字）

20. 一横一短撇，下面贝字接；课本多少篇，一张一张看（6笔字）

◆ 亲子时光：我和家人一起猜！

21. 希字没写错（5笔字）

22. 广字加了两点（7笔字）

23. 只差两点到黄昏（6笔字）

24. 一横一竖写一回（8笔字）

25. 一点一点又一点（5笔字）

26. 多写一笔才像样（9笔字）

27. 万历写得有出入（7笔字）

28. 两双小手来收拾（11笔字）

29. 四竖六横，康乐兴盛（8笔字）

30. 去添一撇，找不到了（6笔字）

31. 点点射中，向前奔跑（6笔字）

32. 一字三直，高与天齐（多笔字）

33. 拆除一点，增加三点（10笔字）

34. 先写了一撇，后写了一横（5笔字）

35. 三寸似剑舌，纵横国际间（12笔字）

36. 有个字真特别，谁看也是一万撇（5笔字）

37. 一撇写在木头上，苗儿长得绿又壮（5笔字）

38. 草字头，三点水，翘着尾巴张着嘴（8笔字）

39. 高的头，李的脚，陈的耳朵向右跑（10笔字）

40. 金棒搅云端，猴子上了杆；此字写七笔，推辞又转弯（7笔字）

41. 一字十二横，任你去查清。如果猜不出，学习欠用功（4笔字）

42. 一点一卧钩，两点跟在后，学习勤思考，作业真优秀（4笔字）

43. 两横加一直，做事要扎实；老是不下雨，抗旱顶烈日（少笔字）

44. 横撇搭个架，看见又进来；因为有交情，拥抱不分开（4笔字）

45. 一点一横一撇长，木头就在里面放，人们睡觉用得上（7笔字）

46. 竖着一个钩，横着两个钩，星星夹在中，日落土上头（11笔字）

47. 一点一横长，口字在中央，大口张开嘴，小口往里藏（10 笔字）

48. 一个去，剩二；二个去，剩一；三个去，没了；三个来，齐了（6 笔字）

49. 三横两长一短，长竖上下通天，压住一个扁人，小横两拐相连（10 笔字）

50. 两竖两横相交叉，中间底部不见蛙，吃水不忘挖它人，大家都要感恩它（4 笔字）

51. 一点一横一个人，一点钻进一反文；夏天晚上满天星，一闪一闪真迷人（8 笔字）

52. 三横一竖棍四根，一人扛肩不怕沉；遇到蜻蜓捉一通，急急忙忙追时辰（10 笔字）

谜底在这儿

第八讲　象形法

象形法是将字的部件（笔画、偏旁或部首）想象成生活中物体的形象，从而找到谜底的猜谜方法。

规律特点

用日常见到的生动事物来比喻或描绘谜底字的部件。有的已约定俗成，如“干”像蜻蜓；“亦”如蝴蝶；“一”“冖”比作桥或独木桥；“冖”“宀”比作帽子；“辶”“乚”看似船、小舟；“点”比作星星、球、雨滴、泪珠、豆子、鸟、蝌蚪、小苍蝇、小鱼、小猪；“口”似小窗、窗格；“竖”比作剑；“虫”比作风帆；“人”比作雁阵；“人”“入”比作燕子；“八”比作眼眉；“丰”比作远树；“木”比作树；“巾”比作扬帆；“厶”比作远山、鼻子；“阝”“卩”比作旗帜、小旗；“心”比作扁舟；“乡”比作燕子、重檐；“灬”比作马蹄、熊掌等等。

注意事项

象形法字谜有时容易猜，有时难猜，思考角度与制谜人不同时，容易造成难度。要充分发挥空间想象力，灵活变通，多猜多练，熟能生巧。

实例解析

例 退洪水，架帐篷（8笔字）典

解析：“洪”字的“水（氵）”退去，剩下“共”字，“架帐篷”像一顶帽子扣在“共”字上半部分，得到谜底“典”字。

例 刷子刷锅水珠溅（8笔字）忽

解析：谜底“忽”字分两部分象形。上面“勿”的形状犹如一把刷子，从笔画弯曲的几撇，看出是正在刷洗时的状态，这与谜面恰好吻合，神态逼真；下面“心”字中的卧钩可看成一口锅，三“点”似溅起的水珠。

例 台湾出口蝴蝶画（8笔字）泓

解析：“亦”比作“蝴蝶”，“台湾”二字中，“出”意为“除去”“口”“亦”两部分，剩余部分组合为谜底“泓”字。

例 雾中远树立山头（10笔字）峰

解析：“雾中”是指“雾”字中间的“夂”；“远树”形似“丰”字；“立山头”是指在“夂”和“丰”组合后的前头立一“山”字，得到谜底字“峰”。

例　支好三脚架，安上照相机（4笔字）爪

解析：“爪”字下面有“三脚架”，上面一撇形似在“三脚架”上安装了一部相机，非常形象逼真。

例　鱼钩提起来，左右带水滴（少笔字）小

解析：“鱼钩”形似“竖钩”，“左右带水滴”分别指“撇”和“点”，正好扣合谜底“小”字。

例　竖看似酒瓮，横看像风箱（7笔字）酉

解析：此谜是象形手法。“酉”字立着看，外形像酒坛子；横着看，非常像手拉式的古老风箱。

例　窝头火腿点心，器物盛装积纳（10笔字）容

解析：上部“穴”是“窝”字的头，中部“人”是“火”字的腿，下部“口”是“点”字的心，再把“穴”“人”“口”组合起来，正好是谜底“容”字。

例　一个字，尾巴弯，虽有用，扔一边（5笔字）甩

解析：“用”字长出尾巴就是“甩”字，“甩”字尾巴弯弯，甩到一边。

例　两头小猪抬根棒，一头小猪在棒上（4笔字）六

解析：“六”字上下的三笔，想象为小猪；中间一横，像一根棒。

猜谜能手

◆ 比一比：哪个小组是第一？

1. 蜻蜓点水 （6 笔字）

2. 小桥河畔清风里 （7 笔字）

3. 电视屏上，男子出场 （5 笔字）

4. 左挥彩旗，右踩高跷 （6 笔字）

5. 栏杆挡人腰，人比栏杆高 （少笔字）

6. 看似三角形，左侧多条边 （少笔字）

7. 小矮人，好糊涂，腰中挂俩热葫芦 （4 笔字）

8. 等号画得太匆忙，上边短来下边长 （少笔字）

9. 人离队，一直走；像耳朵，如挂钩 （少笔字）

10. 一个口字有点扁，一把利箭正射穿 （4 笔字）

◆ 赛一赛：看谁猜得快。

11. 牛过独木桥，星出太阳落 （5 笔字）

12. 天上云遮月，地上雨打船 （11 笔字）

13. 桥上双星垂杆，桥下一鱼戏钩 （6 笔字）

14. 魔术箱子长了脚，迈开大步向前跑（5笔字）

15. 两面斜坡盖屋顶，一根立柱中间挺（少笔字）

16. 八十戴个鸭舌帽，横竖要把拐子抱（8笔字）

17. 鼻子下面是嘴巴，对岸宝岛是我家（5笔字）

18. 弯弯眉，小小口，一来到，拿笔手（5笔字）

19. 帽子戴上了一顶，有一点点像学生（6笔字）

20. 小手绢儿，四方块儿，放在书桌正中间（6笔字）

◆ 亲子时光：我和家人一起猜！

21. 高桥一架入云中（7笔字）

22. 台上一人放影片（8笔字）

23. 下田自带小板凳（14笔字）

24. 湘水横流，一叶扁舟（13笔字）

25. 两只小燕子，戏水一起飞（5笔字）

26. 又见蝴蝶飞，从蛹中爬出（8笔字）

27. 听到一声令，国旗升到顶（7笔字）

28. 一粒米，漏下去，小朋友，快拾起（7笔字）

29. 小镰刀，割柳条；小剪刀，绞竹梢（6笔字）

30. 一块瓦，盖庙角，拴根绳，木长脚 （7笔字）

31. 尖房顶下一鸟藏，平檐底下开一窗 （7笔字）

32. 城头一朵云儿飘，亮光闪闪剑和刀 （8笔字）

33. 重檐飞脊台阶上，人字梁下开小窗 （9笔字）

34. 风大小旗扯杆斜，开窗可见十字街 （8笔字）

35. 眼前有只歪尾羊，看似二星天上亮 （11笔字）

36. 有杆斜榔头，拴了两折钩，中间围小口 （7笔字）

37. 三只乌，都有巢。一个住柳梢，两个住墙腰 （6笔字）

38. 对开窗帘，上有滑杆；左边轻飘，右边半卷 （6笔字）

39. 长长电线儿，落了俩燕儿，太阳出来了，加在一块儿 （9笔字）

40. 两棵小苗秧，同在地上长，长得一般长，棵棵生个芒 （5笔字）

41. 房顶上，落秃鹰；小窗下，悬钩虫；一边一个小苍蝇 （8笔字）

42. 三脚架，支小盘；小盘上，摆药丸；小钩子，挂右边 （5笔字）

43. 搭座小土楼，两人住里头；一个住在左，一个住在右 （7 笔字）

44. 方方一菜板，有刀在旁边，刀切两根葱，刀刃出个坎 （9 笔字）

45. 一石击四鸟，鸟鸟皆不跑，两只栖笼上，两只笼外叫 （13 笔字）

46. 扬帆要起航，单桨停不忙，张开那小口，脚下像四方 （12 笔字）

47. 一对小小接力棒，一个在下一个上，跑出路来好曲折，摘得帽子头顶放 （5 笔字）

48. 四角方方一个洞，拿块方砖补窟窿，方砖没有窟窿大，一补补成两个洞 （6 笔字）

第九讲　抵消法

抵消法是通过表示消除意思的字词，将谜面中意思相同、相近的字词抵消，再用剩余部分重新组合新字的猜谜方法。

规律特点

表示消除意思的字、词较多，常用的有：无、空、出、去、少、飞、离、开、游、走、排、除、光、尽、丢、掉、撤、省、抛、隐藏、没有、不见等。

借助消除意思类的词把相同的字词抵消掉，再组合剩余部分的字。分为单字抵消和多字抵消。

注意事项

谜面中没有相同字词时，找“同义词”抵消某部分，抵消后依据剩余字词联想出谜底。

实例解析

例　啤酒厂出酒（13笔字）碑

解析：谜面中出现两个“酒”字，“出酒”就是把“酒”抵消掉了，剩下“啤”“厂”，组合为“碑”。

例　了却心愿开小厂（5笔字）白

解析：以“愿”为目标，“了却”去掉“心”，再“开”掉“小”“厂”两部首，剩下“白”。

例　葡萄园里摘葡萄（4笔字）元

解析：“摘葡萄”与“葡萄”抵消后，剩“园里”，猜出“元”字。

例　蝴蝶泉上蝴蝶飞（5笔字）白

解析：“蝴蝶飞”示意消除前面的“蝴蝶”，抵消后，余“泉上”，运用方位法，可猜出谜底为“白”。

例　大庆油田庆油出（8笔字）奋

解析：“大庆油田”中“庆油”拿出，剩“大”“田”组成“奋”。

例　冬去春来岂得休（7笔字）佟

解析：“春”解为“木”，与“休”中“木”抵消，剩“亻”，与“冬”组成“佟”。

例　多劳多得，少劳少得（8笔字）罗

解析：上句的“劳”“得”被下句的“少劳少得”一起抵消，余“多多”，“多”由两“夕”组成，四“夕”拼为“罗”。

例 情人节过后，没人想重来（多笔字）懂

解析：“人”与“没人”相互抵消；剩“情节过后”，即“忄”“艹”；与“重”组合成“懂”。

例 莫看茶水小，小茶出淡泊（13笔字）漠

解析：“莫”“水”组成“漠”；“看”作抱合词，“小茶出”与前边的“小”“茶”抵消，组成“漠”。后边的“淡泊”解释意思。

例 得意时要看淡，失意时要看开。静无争，清逸也（8笔字）炎

解析：“失意时要看”与“意时要看”抵消，余下“淡”。“淡”拆开为“氵”“炎”。“静无争”剩“青”；“逸”为跑、散之意，“清逸”作抵消提示，去“清”，得谜底“炎”。

猜谜能手

◆ 比一比：哪个小组是第一？

1. 神女峰前神女飞 （少笔字）
2. 菠菜除草菜被割 （8 笔字）
3. 梅花岭前梅花开 （少笔字）
4. 大街小街街街净 （6 笔字）
5. 峡山遮月月难来 （6 笔字）
6. 俺家大人不在家 （5 笔字）
7. 大鱼小鱼鱼鱼游 （6 笔字）
8. 仙女湖中仙女游 （5 笔字）
9. 江西分宜到宜宾 （13 笔字）
10. 百岁曾无百岁人 （14 笔字）

◆ 赛一赛：看谁猜得快。

11. 大斗进，小斗出 （6 笔字）
12. 牛皮大王吹大牛 （9 笔字）
13. 如雪梅开香雪海 （8 笔字）
14. 几多思虑费心思 （8 笔字）

15. 炼钢厂里去炼钢 （9笔字）
16. 葡萄沟东摘葡萄 （4笔字）
17. 读书就要去买书 （4笔字）
18. 花谢花飞悄无声 （10笔字）
19. 蓝图画好草图销 （10笔字）
20. 足球、手球、排球 （10笔字）

◆ 亲子时光：我和家人一起猜！

21. 扣门犬不吠 （6笔字）
22. 福建省福安人 （10笔字）
23. 青年过年献词 （10笔字）
24. 有酒自洒脱，帅 （6笔字）
25. 五龙岩上五龙飞 （少笔字）
26. 酒厂出酒要扣回 （8笔字）
27. 明日清明上坟前 （7笔字）
28. 梦来梦去在湖心 （5笔字）
29. 昨日之日不可留 （5笔字）
30. 一叶飘动芍药开 （9笔字）

31. 大事小事化无事 （6 笔字）

32. 春节过节不出门 （7 笔字）

33. 革命有功舍了命 （13 笔字）

34. 春城分明春来早 （12 笔字）

35. 兼纳群言定超群 （12 笔字）

36. 过分狂放失分寸 （10 笔字）

37. 守土有责，守土尽责 （6 笔字）

38. 疫情无情，共呆屋中 （多笔字）

39. 有大物者，不可以物 （11 笔字）

40. 战士出战，一直冲在前 （6 笔字）

41. 贪豪宅，肃贪，家毁了 （10 笔字）

42. 力求大事化小，小事化了 （5 笔字）

43. 花前始相见，花下又相送 （5 笔字）

44. 打假要用力，且莫要假打 （7 笔字）

45. 四方团结紧，同心灭火灾 （12 笔字）

46. 出重拳，下重手，有后盾 （11 笔字）

47. 向前挺进，疫病无情人有情 （7 笔字）

48. 诚者，物之终始，不诚无物 （11 笔字）

慧猜字谜

49. 同车有疫情，究根追踪控疫情（6笔字）

50. 多一物多一念，少一物少一心（4笔字）

51. 飞蛾扑火，扑火自焚，飞虫死（7笔字）

52. 小官大贪上百万，不除贪官不罢休（8笔字）

53. 提出尊法与遵法，分清可为不可为（7笔字）

54. 敬人而不必见敬，爱人而不必见爱（4笔字）

55. 仙人洞后仙人走，乡人组团侗乡游（6笔字）

56. 人生一世，草木一秋，一秋一世早已过（9笔字）

57. 看见大姐、二姐、小姐，没有看见三姐（8笔字）

58. “小习惯”守护“大健康”，未成习惯没有健康（6笔字）

第十讲　移位法

移位法是通过移动文字、部首或笔画，重新组合变成新字的猜谜方法。

规律特点

可在一字内进行，也可在两字间完成。谜面常有表示移动变化的提示文字，如：移、动、改、变、调整、改革、调配、换装、重组等。

例如：“杲（gǎo）”字由“日”“木”两部分组成。若将“日”往下移动，则成“果”；再下移则是“東”字；继续下移则变“杳”。从上可以看出，“日”与“木”位置的移动，便可形成含义不同的字。凡利用这种技巧进行上、下、左、右、内、外移动成另一字的，都视为移位法。猜射这类谜语，须先找出提示移位的词，再找出要移动的“部件”。

注意事项

只是位置移动，笔画和字素基本形状不变。可以在一个字内进行，也可在几个字之间移动。移位前后笔画不增不减。

实例解析

例 移机（6笔字）朵

解析：“机”字部件移动，变成“朵”。

例 大小交错（6笔字）灯

解析：“大小”两字之间笔画移动后，交错组合为“火丁”，再合并，即可得出谜底“灯”字。

例 移山造田（8笔字）画

解析：“山”字中间竖笔移动后，与“田”组合成“画”。

例 伞顶放下来（6笔字）米

解析：“伞”字顶部两笔从上向下移动，变为“米”字。

例 整理小本本（13笔字）禁

解析：谜面说明“小本本”三个字的部件要进行整理。通过试探，把两个“本”字中的“一”都调整出来，然后再把所有部件排列好，便可拼出“禁”字。

例 一生心血为改革（7笔字）苏

解析：“一生心血”中“一”与“血”的“心”组合为“艹”，“为改革”调整为“办”，二者合成谜底字“苏”。

例 中国移动今貌改（9笔字）玲

解析：“国”字中间“玉”字的“一点”移动后，和“今”字组合成“玲”字，即为谜底。

例　古貌一变，绿荫一片（5笔字）叶

解析：“古”字结构面貌改变，可成“叶”。“绿荫一片”提示“叶”的字义。前句拆字，后句提义。

例　主动一点，如获至宝（5笔字）玉

解析：“主”字动一“点”，意即将“主”头顶上那一“点”移到右下方，就变成了“玉”字；第二句是明示“玉”的字义。

例　九字巧改造，不知是多少（少笔字）几

解析：“九”字可改写成“几”字，“多少”提示“几”的字义。

猜谜能手

◆ 比一比：哪个小组是第一？

1. 另有改动 （5笔字）
2. 火力调整 （6笔字）
3. 陪错位了 （10笔字）
4. 干部调配 （13笔字）
5. 苗根有变化 （8笔字）
6. 山里改变旧貌 （8笔字）
7. 主体发生变化 （12笔字）
8. 自当改革雄心在 （8笔字）
9. 成本一定要下降 （5笔字）
10. 一有工作认真干 （8笔字）

◆ 赛一赛：看谁猜得快。

11. 改革吧 （7笔字）
12. 东西调防 （6笔字）
13. 断环重合 （8笔字）
14. 散而复聚 （6笔字）

15. 曲目调整 （11笔字）

16. 晕头转向 （10笔字）

17. 田里到田外 （5笔字）

18. 闪开再集合 （5笔字）

19. 爱心感化出奇迹 （8笔字）

20. 中国改革雄心在 （7笔字）

◆ 亲子时光：我和家人一起猜！

21. 变味 （8笔字）

22. 不变 （4笔字）

23. 全力动员 （9笔字）

24. 刃锋收藏 （少笔字）

25. 凡心未动 （8笔字）

26. 自动变化 （6笔字）

27. 旧貌变新颜 （5笔字）

28. 大干变了样 （6笔字）

29. 二小队集合 （9笔字）

30. 当上运动员 （10笔字）

31. 国内有点变化 （5笔字）

32. 主动扩大进口 （8笔字）

33. 东部支援西部 （10笔字）

34. 吨位规格有变化 （7笔字）

35. 只有一方去西边 （5笔字）

36. 未移一笔保原状 （5笔字）

37. 旧貌一改堪称好 （6笔字）

38. 他有变化方靠近 （9笔字）

39. 开放十载巧用人 （8笔字）

40. 开发西部改旧貌 （7笔字）

41. 拆迁办有人作假 （6笔字）

42. 消灭疫病换新貌 （4笔字）

43. 职位调动有后虑 （多笔字）

44. 反客为主来做陪 （10笔字）

45. 本日出厂要换装 （11笔字）

46. 果断把田作等分 （多笔字）

47. 放手开拓改旧貌 （10笔字）

48. 唯有一方下基层 （11笔字）

49. 而立之年当运动员 （12笔字）

50. 改革业态，立足乡下 （7 笔字）

51. 中国移动，人人拥有 （8 笔字）

52. 同心改革，点赞中国 （8 笔字）

53. 厂没创新，犹得温病 （9 笔字）

54. 机构改革，创新有术 （11 笔字）

55. 莫让人才流失再改制 （8 笔字）

56. 着手改旧貌，共把任务挑 （8 笔字）

57. 中国改革，一直向前，向前 （8 笔字）

58. 一起同心干改革，事业兴盛又红火 （8 笔字）

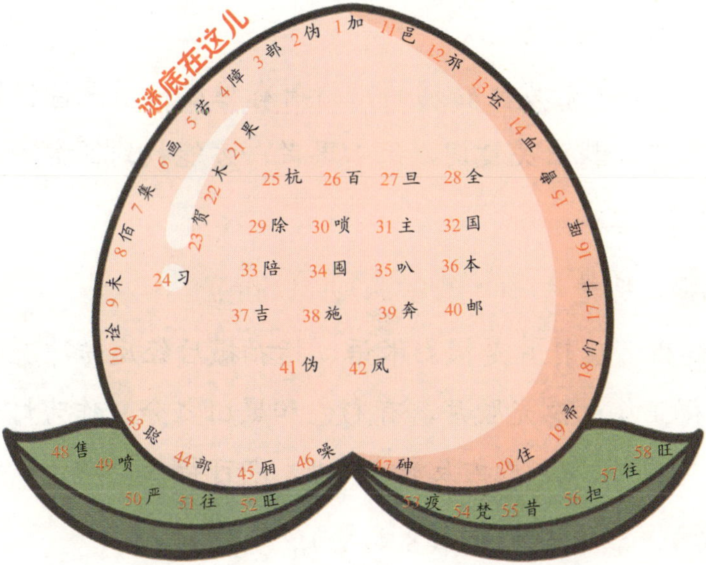

第十一讲　转动法

转动法也称“辗转法”，是一种以转动、颠倒、反视文字角度或方向为特点的猜谜方法。

规律特点

谜面一般带有“转、翻、倒、反、回、卧”等提示性的词语。

猜射者需要把谜面中某字作角度的转变，从而产生新的文字效果。或局部转动，或全部转动，或转动 90 度，或转动 180 度。就像小朋友玩翻跟头，灵活变换，极有情趣。

注意事项

两字合并后发生转动的，猜射有难度，须保持积极乐观的心态，找出关键词，用心思考，方能找到答案。

实例解析

例　反转片（4 笔字）爿（pán）

解析：反转片是摄影术语，指拍摄后经反转冲洗可直接获得正像的感光胶片，有彩色和黑白之分。作为灯谜，须将“片”字向左或右反转 180 度，即可得出谜底为“爿”。

例　推翻三座山（8 笔字）帚

解析：“帚”可，截作“彐”“T”和“巾”三字素，恰成三个推倒的“山”字，组合为“帚”。

例　转了干，当过兵（少笔字）士

解析：“干”翻身旋转180度，变“士”。

例　入水反得第一名（8笔字）油

解析：“第一名”即“甲”，“反得第一名”即把“甲”反转180度，得“由”。与“氵”组合即为“油”。

例　翻开日记忆往事（8笔字）昔

解析：“开”字翻转180度，再与“日”记之，构成“昔”。“昔”有“往事”之意。

例　若是出错，倒放了真凶（6笔字）网

解析：“若是出错”可解为“×”，“倒放了真凶”是把“凶”字上下旋转后成“冈”，再放入“×”组合成“网”。

例　翻过一座山，时已日西坠（6笔字）寻

解析：“翻过一座山”，告诉我们将“山”字翻转为“彐”；“时已日西坠”，告诉我们“时”字西边的“日”坠落不见，剩“寸”。“彐”和“寸”组合成“寻”。

例　改革开放，带头转型得领先（10 笔字）耕

解析：“改革开放”即将“开”改革变化，再放开头部成为“井”；“带头转型”即将“带”字之头“卅”翻转为“丰”；“领先”即“领”字之先，乃“人”。“丰”“人”“井”组合为“耕”。

例　山水乡间有巨变，郁郁葱葱展眼前（11 笔字）绿

解析：“山”“水”“乡”三字经过字形结构方位的变化，组合成“绿”字，其中“山”转动 90 度横过来，“乡”的最后“一撇”也变成了“一提”。后句“郁郁葱葱”是“绿”的字义。

例　前头转向，十一跟上，脱下衣装，结实健康（6 笔字）壮

解析：“前”头转向，得“丬”，“十一”组合为“士”，与“丬”合并为“壮”。

猜谜能手

◆ 比一比：哪个小组是第一？

1. 末倒置 （5笔字）
2. 摄影入门 （5笔字）
3. 抽调一半 （8笔字）
4. 湖中显倒影 （多笔字）
5. 转眼又一天 （11笔字）
6. 二山倒映雪初融 （8笔字）
7. 翻开日记写人生 （10笔字）
8. 来人转身才能进 （少笔字）
9. 平反之后泪双流 （少笔字）
10. 空山翻转见一人 （5笔字）

◆ 赛一赛：看谁猜得快。

11. 倒数第一 （5笔字）
12. 改土归流 （6笔字）
13. 岗位调动 （7笔字）

14. 调整部署 （13 笔字）

15. 转眼到黄昏 （8 笔字）

16. 人卧水边一鹅游 （7 笔字）

17. 改革开放排头兵 （6 笔字）

18. 湖中倒影一线连 （6 笔字）

19. 斗转星移又一载 （5 笔字）

20. 苦了十载方平反 （14 笔字）

◆ 亲子时光：我和家人一起猜！

21. 翻身而入 （少笔字）

22. 三十而立 （4 笔字）

23. 改变名目 （11 笔字）

24. 平反回来 （11 笔字）

25. 翻身得自由 （5 笔字）

26. 改革成就大 （少笔字）

27. 水要浇在根上 （13 笔字）

28. 大压不正之风 （7 笔字）

29. 共回头，把手招 （9 笔字）

30. 半边天，推倒山（6笔字）
31. 转过身，变成人（少笔字）
32. 手一出，山推倒（6笔字）
33. 着手为别人翻供（9笔字）
34. 湘西吉首翻了身（6笔字）
35. 大乱之后要平反（8笔字）
36. 安心只为翻了身（9笔字）
37. 反复无常一小人（6笔字）
38. 一顶旧帽变新样（9笔字）
39. 挖掉苦根翻了身（5笔字）
40. 转业之前要安心（10笔字）
41. 职位有变心未变（多笔字）
42. 平反归来十一载（14笔字）
43. 河边转眼又一天（14笔字）
44. 转业有点心不舍（10笔字）
45. 两座横山，背背相连（4笔字）
46. 火烧横山，真的应验（7笔字）
47. 一方共聚，八面翻开（9笔字）

48. 妇女解放，翻身向上 （少笔字）

49. 我将无我，用心改革 （12 笔字）

50. 倒看形如丹，正看似蜜甜 （5 笔字）

51. 一心推倒山，夺取双丰收 （多笔字）

52. 大力士本领高，一出手山推倒 （6 笔字）

53. 本末倒置，常作数词；数大它大，数小它小 （5 笔字）

54. 倒山长草，羊来口到；不是一个，一帮正好 （13 笔字）

谜底在这儿

1 半 2 闪 3 押 4 潮 5 曼 6 帚 7 借 8 入 9 士 10 央 11 由 12 汗 13 岖 14 睹 15 罗 16 汽 17 共 18 早 19 平 20 蔷 21 人 22 丰 23 啰 24 啬 25 甲 26 个 27 粮 28 奁 29 拼 30 妇 31 入 32 扫 33 拼 34 汗 35 金 36 总 37 灯 38 宣 39 卉 40 恋 41 聪 42 墙 43 漫 44 恋 45 王 46 灵 47 哄 48 山 49 蒋 50 甘 51 慧 52 扫 53 半 54 群

第十二讲　排除法

排除法也叫“限底法”，指排除其他谜底的猜谜方法。

规律特点

依据谜面要求，可能出现多个谜底。这种情况下，要在面中另加限制要求，以排除他底，保证谜底最终是唯一的。

谜面由两部分组成：一是主体部分，二是起补充说明的部分。依主体部分猜出谜底不只一个，再用补充说明部分，确保谜底的唯一性。还可通过会意等其他方式多重扣合，经多方推敲后，判断出唯一谜底。

注意事项

用心揣摩谜面中的每个字，稍不留神就容易落到坑里，甚至感觉没错还会出错。

实例解析

例　一大一小，猜尖错了（8 笔字）奈

解析：“一大一小”是主题实扣部分，“猜尖错了”为补充限底部分。“大”“小”组成的是“尖”，“猜尖错了”排除了“尖”，还需往深处想，需把“一”用上。“一大一小”四字全参与组合得“奈”。

例 开出了头，不猜井字（7笔字）岍

解析：“开出了头”很容易想到“井”字，后半部分“不猜井字”做了限制，须再转换思路，“出”的头是“山”，即“开”前加“山”，符合谜面要求，为“岍”。

例 如少掉个口，猜女非高手（7笔字）妙

解析：“如”少“口”，为“女”；“如少”掉“口”，余“女少”，合成“妙”。“猜女非高手”限制说明，“女”不是谜底，应猜“妙”。

例 一尺多点点，不作尽字猜（7笔字）村

解析：一尺即“十寸”；“十寸”加点点，便是“村”。

例 一月一日猜明差，若能猜对勇气嘉（9笔字）胆

解析：“一月一日”可猜成“明”；“猜明差”又做了限制，那么当考虑“一日”的“一”实用，为“胆”；用“勇气嘉”暗示。

例 两山连一起，猜出没道理（5笔字）击

解析：“两山连一起”可以猜“出”；“猜出没道理”做了限制，当灵活转换，“二、山”组合，得“击”。

例 偶尔有心得，请你写出来（13笔字）愚

解析："偶"拆为"亻""禺"；"你"拆为"亻""尔"；"请你写出来"告诉"亻""尔"出去。剩"禺""心"，组合得"愚"。

例　打起黄莺儿，莫把蹄字猜（多笔字）躁

解析："打起黄莺儿，莫教枝上啼"是唐朝金昌绪的五言绝句。"打起黄莺儿"下句说的是"止鸣"，组成"蹄"字。而谜面"莫把蹄字猜"又做了限制，于是考虑"止、噪"组合，即为"躁"。

例　少加一半是不好，就是不能猜成吵（6笔字）劣

解析："加"的一半是"口""力"。与"少"可猜成"吵"和"劣"。谜面"就是不能猜成吵"做了限制，因此谜底为"劣"。

例　两个合一起，猜竹不可以，要问为什么，我来告诉你（12笔字）答

解析："两个"即两"个"，可猜成"竹"字。但谜面中用"猜竹不可以"做了否定。于是，考虑"个""个""合"组成"答"。

猜谜能手

◆ 比一比：哪个小组是第一？

1. 分开一刀莫猜八 （4 笔字）
2. 大小同来，不作尖猜 （6 笔字）
3. 你种一半，猜仲不算 （10 笔字）
4. 地支首末，打“孩”算错 （5 笔字）
5. 干多了点点，没有出点汗 （5 笔字）
6. 人生有变化，不能一刀切 （少笔字）
7. 力字加两点，别当办字猜 （4 笔字）
8. 石头要出头，千万别猜右 （8 笔字）
9. 田字露头，不猜甲申电和由 （13 笔字）
10. 夺去一半，还剩一半，猜过不算 （6 笔字）

◆ 赛一赛：看谁猜得快。

11. 没点良心无恨意 （10 笔字）
12. 宋字无盖，莫当木猜 （7 笔字）
13. 半推半就，请勿打扰 （11 笔字）

14. 三口重叠，莫把品晶猜　（5 笔字）

15. 二十四小时，莫当旧日猜　（5 笔字）

16. 一字去了盖，猜子算失败　（少笔字）

17. 树在台下栽，不猜困杏呆　（7 笔字）

18. 木字多一撇，莫当禾字猜　（6 笔字）

19. 后勤上前方，猜加算荒唐　（5 笔字）

20. 安字去掉盖，别作女字猜　（6 笔字）

◆ 亲子时光：我和家人一起猜！

21. 十加八，不是木　（9 笔字）

22. 儿童节，勿猜音　（6 笔字）

23. 半部春秋未见秦　（8 笔字）

24. 文武双全不猜斌　（6 笔字）

25. 一共三尺莫猜米　（7 笔字）

26. 只对一半，猜吋遗憾　（5 笔字）

27. 猜错一半，说错不算　（11 笔字）

28. 山上复山，猜出想偏　（8 笔字）

29. 春秋配合，莫猜秦香　（9 笔字）

30. 半吞半吐，不能猜吴 （6 笔字）

31. 半软半硬，猜砗（chē）不中 （9 笔字）

32. 甲字出上头，猜申没理由 （8 笔字）

33. 正字少一横，猜止不聪明 （7 笔字）

34. 香字少一撇，不作杳（yǎo）字猜 （7 笔字）

35. 哥哥一半大，莫作可字猜 （8 笔字）

36. 一横又一直，不猜丁和十 （4 笔字）

37. 占座而不坐，猜庄真算错 （8 笔字）

38. 大明生于东，千万别猜杲（gǎo） （10 笔字）

39. 林字多一半，想森不全面 （11 笔字）

40. 一直重复出现，猜卉有点简单 （多笔字）

41. 草下可藏一人，猜荷稍欠用心 （10 笔字）

42. “小”字加一撇，不作“少”字猜 （7 笔字）

43. 除去一半，还有一半，猜阫（péi）受限 （10 笔字）

44. 台上不见台下见，若猜吕字太简单 （6 笔字）

45. 一半功名一半财，就是不能当勋猜 （9 笔字）

46. 水一来就有犬吠，猜土和工不算对 （少笔字）

47. 日月一起来，不把明字猜。冒字更不对，闷煞老秀才（9笔字）

48. 木字加一笔，猜对是奇迹，本未木术禾，一个也不是（5笔字）

49. 林字取一半，不作木字猜，若是猜不着，请你查朝代（7笔字）

50. 左边一个人，右边一个寸，左右合起来，猜付不得分（11笔字）

谜底在这儿

第十三讲　拆字提音法

拆字提音法，是拆字和提音共用的猜谜方法。

规律特点

谜面由两部分组成，拆字部分和提音部分。通过拆字第一次得到谜底；第二次是提示读音验证谜底。

有的直接把字音放进谜面，有的间接提示读音。往往有“闻、听、读、念、唱、叫、声、响”等表示声音的词。

提示读音包括读音、摹声、谐音三类。还可与会意、拆字、象形、拟人、笔画等猜谜法共同使用。

注意事项

抛开常规思路，从不同视角分析、推断，再结合提音断定。

实例解析

一、摹声法：模拟人或自然界的音响入谜。经拆字后，再模拟声音。

例　出门闻犬吠（10笔字）润

解析：“出门”指示有“门”字；“闻犬吠”即暗示狗叫之声，乃“汪”。“门”与“汪”组合得“润”。

例　破天竹，乐哈哈（10笔字）笑

解析：“破天”为“夭”，“竹”理解为“⺮”，合并是“笑”。暗示声音“乐哈哈”。

二、读音法：第一部分通过写意、拆字、象形、拟人、笔画等扣底；第二部分通过提示读音，验证是否正确。

例　堂前赏月听箫声（7笔字）肖

解析：“堂前赏月”拆字组成“肖”字。“听箫声”是提示谜底与“箫”读音同，得“肖”。

例　西部狼烟闻敌声（7笔字）狄

解析：“西部狼烟”即“狼”“烟”两字的西（左）部，乃“犭”“火”，合成“狄”；“闻敌声”暗示与“敌”读音同，得“狄”。

例　自在前头守音响（9笔字）首

解析：“自在前头”，“前”字之头“丶丶一”，与“自”构成“首”；“守音响”提示与“守”字读音同。

例　犹闻湖边吹竹笛（8笔字）油

解析：先提音，“犹闻”提示谜底读音与“犹yóu”同。“湖边”即“氵”；“吹”，吹走之意，“吹竹笛”，意

即把“笛”之“竹”吹走，剩“由”。“氵”“由”组合为“油”。

例　吕布亏心恶声传（12笔字）愕

解析：“吕布”即将“吕”字重分布，则是“口”“口”，与“亏”“心（忄）”组成“愕”。“恶声传”暗示与“恶”读音同。

三、谐音法：一部分进行拆字，另一部分指示谐音。

例　连进四球能称雄（14笔字）熊

解析：“、”象形为球，“四球”即“灬”，与“能”组成“熊”。“称雄”提示与“雄”读音同。

例　狗守四方憋气声（多笔字）器

解析：“狗”即“犬”，“四方”指四个“口”，得出“器”；“憋气声”提音，即与“气”同音。

例　开始只顾走，最后来相聚。想想是好玩，人人都说去（多笔字）趣

解析：“开始只顾走”得出“走”；“最后来相聚 ”得出“取”；“想想是好玩”会意；“人人都说去”是提音，即与“去”读音同。

猜谜能手

◆ 比一比：哪个小组是第一？

1. 解冻前，咚咚声　（5 笔字）
2. 庭前举头听莺声　（7 笔字）
3. 如今开口得禁声　（7 笔字）
4. 约束有力听佳音　（9 笔字）
5. 怒目横眉发厉声　（7 笔字）
6. 树中栖鸟闻叽声　（7 笔字）
7. 闻香注目见初梅　（9 笔字）
8. 出门兑现乐音闻　（10 笔字）
9. 西郊桥头笑声传　（10 笔字）
10. 兴水利要听意见　（13 笔字）

◆ 赛一赛：看谁猜得快。

11. 一来听到狗叫声　（6 笔字）
12. 小桥水泻掩雨声　（少笔字）
13. 大年之初闻师音　（5 笔字）

14. 立于窗前听雨声 （6 笔字）

15. 声声鼓乐起西东 （9 笔字）

16. 鲁南阳关余音在 （8 笔字）

17. 八方相聚有知音 （5 笔字）

18. 伐木休息歌声起 （4 笔字）

19. 圣上桥头听泉声 （6 笔字）

20. 解冻流水响咚音 （5 笔字）

◆ 亲子时光：我和家人一起猜！

21. 希望出差不出声 （5 笔字）

22. 村前几度闻鸡声 （6 笔字）

23. 凤鸣半空声激扬 （7 笔字）

24. 看戏又要去听歌 （4 笔字）

25. 窗前剪灯独听雨 （6 笔字）

26. 复习五音听雨声 （6 笔字）

27. 战乱前后饥声起 （6 笔字）

28. 谷传鹤声乘北飞 （5 笔字）

29. 一晌出来想念成 （9 笔字）

30. 唯与孤峰听雨声　（6 笔字）

31. 初秋鲁南闻乡音　（9 笔字）

32. 远山如闻狮三声　（8 笔字）

33. 一字声明半句多　（6 笔字）

34. 星月小桥听箫声　（10 笔字）

35. 流水落木闻书声　（11 笔字）

36. 但听左右尽歌声　（14 笔字）

37. 春香日日来听琴　（10 笔字）

38. 叔叔睡前闻嘟声　（13 笔字）

39. 东野孤舍读书声　（12 笔字）

40. 春日含泪闻乡音　（12 笔字）

41. 择日安装闻雁声　（10 笔字）

42. 鼓楼之中有听知音　（8 笔字）

43. 一同去街头听相声　（6 笔字）

44. 一到同里，十分思念　（5 笔字）

45. 先硬后软，嘴上能侃　（9 笔字）

46. 严禁烟火，大家声音　（6 笔字）

47. 张口就吼，惊恐出声（4笔字）

48. 春节前，秋分后，总念乡音（9笔字）

49. 一点一横，一竖一点，喊声变（4笔字）

50. 有火会灭，嫁女成媳，声声如戏（10笔字）

51. 具匠心，呈起色，人齐聚，心声现（8笔字）

52. 二小只有一只耳，听了都能记得住（7笔字）

53. 来到闽中街边走，水里畅游呱呱叫（12笔字）

54. 得胜日，其言以兴；求光明，生而知之（13笔字）

55. 一横又一竖，别把十字猜。你若能猜中，一定是知音（4笔字）

56. 一条长虫爬过来，女娃害怕藏起来，哇哇叫声传出来（12笔字）

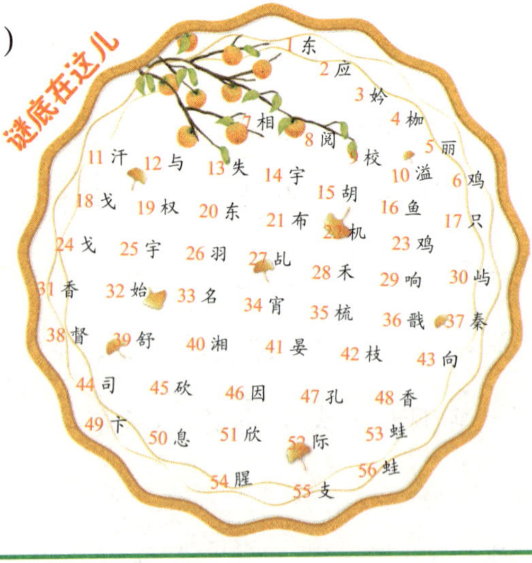

第十四讲　写义提音法

写义提音法，是将写义法与提音法综合运用的猜谜办法。

规律特点

谜面由两部分组成：一部分表写义，一部分表提音。猜射谜语时，可直接把谜底的读音放进谜面，或间接采用发音。谜面常有“闻、听、读、念、唱、叫、声、响”等字，以暗示读音。

找到规律，容易猜中。重点依照谜面写义扣底，再由谜面暗示的读音部分进行验证。

注意事项

难度主要体现在写义部分，理解不准确或知识面窄，要猜对谜底就有难度。当然，自己多阅读、多练习，也就容易掌握了。

实例解析

例　听歌声，是兄长（10笔字）哥

解析：“听歌声”提音，“哥”与“歌”读音同；“是兄长”写义，“兄长”就是哥。

例　红旗飘飘齐叫好（9笔字）郝

解析：“红”“赤”同义，“旗飘飘”象形“阝”；“齐叫好”提音，得出读音“hǎo”。谜底是“赤”和“阝”的组合字，即“郝”。

例 倾盅端盏忍悲声（8笔字）杯

解析：“倾盅端盏”是写义部分，扣出“杯”字；“忍悲声”是提音部分，扣出读音“bēi”，验证谜底即为“杯”。

例 技能高超听得见（6笔字）件

解析：“技能高超”是写义部分，扣出“牛人”；“听得见”是提音部分，“件”与“见”皆读“jiàn”，验证谜底。

例 要猜这东西，务必叫出声（8笔字）物

解析：“东西”称“物”，也表写义；“务必叫出声”，“物”与“务”同音。

例 似听洋洋唤，其实是苗苗（10笔字）秧

解析：谜面第一句提音，底字读音与“洋”同。重点是第二句“其实是苗苗”，“苗”称“秧”，推断出谜底字为“秧”。

例 张口说喜欢，嘴上笑哈哈（多笔字）嘻

解析：“张口说喜欢”意为高兴、开心，“喜”字提音，“嘴上笑哈哈”，进一步扣合“嘻”。

例　百万数字，未卜先知，照字读音，谁都认识　（6笔字）兆

解析："百万数字，未卜先知"是写义部分。"百万"在民国时期乃一兆，"未卜先知"乃"兆头"；"照字读音"是提音部分，"兆"与"照"读音同，皆读"zhào"。

例　古来称少林，车上叫车停，那是一瞬间，发音不相同（8笔字）刹

解析："古来称少林""车上叫车停""那是一瞬间"，三次写义，分别是"古刹""刹车""刹那"；"发音不相同"，是提音，提示谜底字有多种读音。

例　上山作国画，生来佩大刀，世人听君言，开口声震耳（10笔字）朕

解析：国画家关山月，《水浒传》中好汉大刀关胜，皇帝即君，自称朕，最后一句是提音，谜底字音同"震"，四句共同扣合"朕"字。

猜谜能手

◆ 比一比：哪个小组是第一？

1. 为红旗叫好（9笔字）
2. 挨个上，念起来（6笔字）
3. 章篇内容可听闻（4笔字）
4. 川水横流闻舟声（6笔字）
5. 自有晚风传遥声（8笔字）
6. 闻声使人明大义（4笔字）
7. 曲曲赞歌声悠长（11笔字）
8. 我家传出读书声（12笔字）
9. 排行老四，叮叮作响（少笔字）
10. 一生清白，有口称好（12笔字）

◆ 赛一赛：看谁猜得快。

11. 未来海西名声扬（9笔字）
12. 国庆举杯畅言甘（少笔字）
13. 最后听到钟声响（8笔字）
14. 循声道一句问候（8笔字）

15. 红旗一举号声响 （9 笔字）

16. 酉时闻得叽叽声 （7 笔字）

17. 竹连千里读声传 （9 笔字）

18. 阅读知音同喜欢 （5 笔字）

19. 开端闻得狮三声 （8 笔字）

20. 体胖身肥众讲说 （9 笔字）

◆ 亲子时光：我和家人一起猜！

21. 欢乐心声 （8 笔字）

22. 寻声觅十日 （6 笔字）

23. 连声对对子 （12 笔字）

24. 犬声穿户出 （10 笔字）

25. 听其声是马叫 （多笔字）

26. 方见闺中啼哭声 （9 笔字）

27. 滋养浸透道斯文 （10 笔字）

28. 点点鸡犬声犹闻 （13 笔字）

29. 溪声更使离人愁 （11 笔字）

30. 红二代随声附和 （14 笔字）

31. 相爱之人同练声 （10 笔字）

32. 说声同志很聪明 （12 笔字）

33. 音乐好听意会难 （10 笔字）

34. 能说会道，预报有雨 （9 笔字）

35. 和田名品，中国声誉 （5 笔字）

36. 有马有牛有羊有猪声 （6 笔字）

37. 婴幼童稚，崽崽亲音 （5 笔字）

38. 声音洪亮，颜色喜庆 （6 笔字）

39. 这东西不要现丑，误读了 （8 笔字）

40. 差一点少计四票，说不行 （7 笔字）

41. 听听像观音，看看似云长 （6 笔字）

42. 一只小老虎，叫声喵喵喵 （11 笔字）

43. 上边说下边说，听声音还是说 （8 笔字）

44. 松声竹韵两相和，大众习以为常的 （9 笔字）

45. 五口人，在讨论，各抒己见有余音 （9 笔字）

46. 读书人有心为志，讲事者开口成吉 （少笔字）

47. 元帅一生好读诗，先生一出统千军 （6 笔字）

48. 这东西，先勿牛，务隐声，别现丑（8 笔字）

49. 盘山道，弯弯绕，写三笔，吱吱叫（少笔字）

50. 由此向南，直走，右拐，就是音响店（5 笔字）

51. 手持弯针，刺痛皮层，深钻下去，喳喳连声（4 笔字）

52. 本是一品官，惹得众人看，弄弈敢走田，发音是同乡（9 笔字）

53. 一条虫，街边行走；在水里，畅游能手；好声音，呱呱优秀（12 笔字）

54. 看上去很像字，实际上不是字，笔画与字相同，音也与字一样（6 笔字）

第十五讲　会意法

会意法也称“写义法”，是将谜底拆解后，字素组合形成含义，并以谜面所叙述含义形成扣合的猜谜方法。

会意法分为直接写义法和间接写义法：

直接写义法，是指谜面直接写出谜底字拆合后所组合的含义。

间接写义法，是指谜面间接写出谜底字拆合后所表达的含义。

规律特点

会意法猜字谜，可先将谜面内容缩为两三个字的语句，或把谜面文字替换为同义词，从而拼合成一个字，找到谜底。

直接写义法的特征：所提供的猜射对象只有一个。

间接写义法的特征：把谜底字拆成几个部分来进行描述，或把谜底字的两个部分（或几个部分）的含义交代清楚，由猜者合成谜底。

直接写义法和间接写义法既交代了谜底字的含义，又交代了合成后新字的含义，较为容易猜中。

一般“春”“春天”“树”寓意为“木”字。

注意事项

会意法没有在谜底字构造上花气力，而是着重描绘谜底字拆解后重组的含义。

实例解析

一、直接写义法

例　裹脚（12笔字）跑

解析：裹脚也叫缠足，旧社会妇女将脚缠裹，使其变成小足，又称“三寸金莲”；而谜底“跑”可拆成“包”“足”，包足即是“裹脚”扣出“跑”字来。

例　太阳总不落（9笔字）昶

解析：太阳常说成“日”；“总”即永远。“日”和“永”组合得到“昶”字。

例　有个东西很奇怪，用心思考把它猜；一家至少有一个，全国一共才几百（8笔字）姓

解析：这四句话的重点在后两句，它写出了谜底的特殊性。“一家至少有一个”的东西就不多了，可紧接着又加以限制“全国一共才几百”，这一提示告诉我们，上句不是指东西。谜底是“姓”字。

二、间接写义法

例 木乃伊（8笔字） 居

解析：“居”可拆成“古”“尸”，即古代的尸体，与谜面“木乃伊”贴近，因此谜底为“居”字。

例 人钻钱眼里，势必违法纪（5笔字） 囚

解析：古代的铜钱是外圆内方的，内方是一个方孔，就是“口”字。“人钻进钱眼里”就是“囚”字，后一句是会意。“囚”指被拘禁的人，犯了法纪被捕入狱的人。

例 楼置鼓，阁悬钟，殿塑菩萨房居僧（8笔字） 诗

解析：看完谜面核心词“鼓”“钟”“菩萨”“僧”，马上想到这描述的是寺庙里的共同特征，意为“说寺庙”，“说”即“言”，“讠”和“寺”组合为谜底“诗”字。

例 一物软又韧，一物硬又刚；软的可做鞋，硬的好盖房（10笔字） 破

解析：谜底由“石”“皮”组成，谜面阐述两个字。前两句交代一软一硬，为猜射划定了大范围。第三句“软的可做鞋”，进一步暗示“皮”字，末句“硬的好盖房”则暗示“石”字。二者组合，成为谜底“破”。

三、直接、间接混合法

例 情若长久终会淡（11笔字） 清

解析：此句重点突出“情”“淡”二字，将二者交换后，即为“清”。

例 不要开口闭口总是钱（9笔字） 钜

解析：谜面源自生活。它批评的是“一切向钱看”。谜面中“开口闭口”指的是“巨”字，因为“巨”字看上去像是一个“开着的口”和一个“闭着的口”。谜面说“不要开口闭口总是钱”，意思即减去“巨”字剩下“钅”；由此反扣，谜底当是由“钅”和“巨”二字组成的“钜”。

例 一半在河海，一半在天空；问它住哪里，老家在山东（12笔字） 鲁

解析：“鲁”拆成“鱼”“日”。谜面叙述“在河海”部分指的是“鱼”；“在天空”暗示“日”，末句明确谜底“鲁”，即山东省简称。

猜谜能手

◆ 比一比：哪个小组是第一？

1. 地表（8笔字）
2. 导盲犬（8笔字）
3. 原始森林（9笔字）

4. 禁止参观 （6 笔字）
5. 自我隔离 （10 笔字）
6. 思想不集中 （8 笔字）
7. 不是普通话 （6 笔字）
8. 一顶小帽着青衣 （9 笔字）
9. 始终坚贞好品行 （8 笔字）
10. 人要多一点上进心 （8 笔字）

◆ 赛一赛：看谁猜得快。

11. 教育晚辈应尽孝 （多笔字）
12. 人要三思而后行 （多笔字）
13. 有女多娇尚怀春 （10 笔字）
14. 每日争取达到极致 （12 笔字）
15. 看似一般，其实丰盛 （10 笔字）
16. 女子上台前，第一次亮相 （8 笔字）
17. 智取太阳光，人人都明了 （8 笔字）
18. 各唱各的调，各吹各的号 （8 笔字）
19. 越说越糊涂，猜猜就清楚 （11 笔字）
20. 转身看看不土，仔细想想不好 （7 笔字）

◆ 亲子时光：我和家人一起猜！

21. 春风吹又生　（多笔字）

22. 俯首甘为孺子牛　（6笔字）

23. 新衣中间破大洞　（9笔字）

24. 一夜走红不寻常　（10笔字）

25. 批八字，口耳紧随　（11笔字）

26. 一部《史记》写人生　（8笔字）

27. 眼瞎了，耳朵还有用　（8笔字）

28. 咸淡正合口，大家乐呵呵　（9笔字）

29. 乍看嘴上文明，其实爱财如命　（7笔字）

30. 端孔引线细长尖，注射药物缝衣衫　（7笔字）

31. 月月来往交情深，知心好友一家亲　（8笔字）

32. 秋种来年芒种收，磨成面粉蒸馒头　（7笔字）

33. 打开大门往里望，一轮红日在中央　（7笔字）

34. 太阳好像也有爱，能使人间变温和　（13笔字）

35. 四方小屋，一面没墙，调皮娃娃，躲在中央　（4笔字）

36. 葛根配方，饮酒品汤，热茶开水，生活日常　（12笔字）

37. 为了保米粮，两边打上墙，大水到墙根，米粮未损伤（11 笔字）

38. 没有鼻子没有眼，牙齿长在耳朵边，一看就知不正派，及时改正还不晚（6 笔字）

39. 海口吹得高过天，不知身旁有人言，难怪别人批评你，总是跟在错后边（9 笔字）

40. 日常生活两件宝，穿得暖来吃得饱，若将他俩放一起，只觉多来不觉少（12 笔字）

第十六讲　借代法

借代法也称“假借法”“推理法”，是通过描述人、事、物，借用与其相关的名词代替，来扣合谜底的方法。

规律特点

一些词别解为其他意义的新词，再结合谜面，部分代整体去扣合。

借代法包括：姓氏借代、物名借代、地名借代、时间借代、年龄借代、节日借代、方位借代、朝代借代、数字借代、偏旁部首借代、地支生肖借代等。

常见地支、生肖、时辰对应借代，即：子鼠；丑牛；寅虎；卯兔；辰龙；巳蛇；午马；未羊；申猴；酉鸡；戌狗；亥猪。

地名借代也常用到。如“沪”“申”代上海；“首都”代北京；“川”“蜀”代四川；“渝”代重庆；“鲁”代山东；“晋”代山西；“冀”代河北；“豫”代河南；“湘”代湖南等等。

此外，还有“第一名”代“状元”“冠军”“金奖”；“第二名”代“榜眼”“亚军”“银奖”。相思代“豆”、鸳鸯代“鸟”、“东方”代“木”等等。

注意事项

一般用名字、绰号代姓；地名别称、生肖、地支、五行等的借代，须熟练掌握相关知识，博览群书，方能顺利运用。

实例解析

例 卷尾猴（5 笔字）电

解析：先要联想出“猴”的替代词。根据生肖地支对应原则，“申”属猴。“申”字的尾部弯曲“卷尾”，便成为“电”字。

例 鸡死了（多笔字）醉

解析：十二生肖中“鸡”对应“酉”，“死了”为“卒”，组合为“醉”字。

例 无聊之时（6 笔字）耳

解析：“卯”代指时辰。“聊”字没有了“卯”，就只剩“耳”为谜底。

例 我已离开河南（11 笔字）象

解析：河南省的简称是“豫”，其中的“予”字有“我”的意思，“予”离开“豫”后，剩下的“象”字就是谜底了。

例 梅花枕头一对（多笔字）麓

解析：梅花指“鹿”，“枕头”是“枕”字的前部，即“木”字，“一对”即为“林”。“鹿”和“林”组合成谜底是“麓”。

例 樱桃玉粒值千金（12笔字）喽

解析：谜面中是把“樱桃”代“口”，“玉粒”代“米”，“千金”代“女”，合并“口”“米”“女”就成“喽”字。“值”有“当”之意，谜底字为“喽”。

例 上海没有一点雨（14笔字）漏

解析：上海简称“沪”，“沪”中的“户”“没有一点”，便为“尸”，再加“雨”变为“漏”字，即为谜底。

例 书圣父子，不辨东西（10笔字）班

解析：“书圣父子”是指王羲之和王献之，借代其姓氏，扣合“王”“王”；“不辨东西”就是不要“辨”字的左右，留下“、”和“丿”。二者组合成谜底字“班”。

例 左看矮脚虎，右看陈玉成（12笔字）瑛

解析：谜底“瑛”字，拆开成为“王英”。从左往右看，“王英”会意《水浒传》中梁山泊好汉矮脚虎王英，是名和绰号通义相扣；如从右向左读，则成“英王”，又可会

意太平天国将领英王陈玉成，这是名与封号通义相扣。

例 小时叮人，长时咬人，大时吃人（6笔字）虫

解析：虫“小时”是蚊子，“长时”是蛇，“大时”是老虎。

猜谜能手

◆ 比一比：哪个小组是第一？

1. 千里共婵娟（6笔字）
2. 未来有千金（8笔字）
3. 孤帆引相思（10笔字）
4. 汉有马季常（10笔字）
5. 花甲之年献赤心（7笔字）
6. 汉高祖阳寿终尽（6笔字）
7. 来人认出小温侯（6笔字）
8. 且将献之比羲之（12笔字）
9. 夜里点火把狗烹（12笔字）
10. 买酒杀鸡迎贵客（13笔字）

◆ 赛一赛：看谁猜得快。

11. 米老鼠 （9 笔字）

12. 兔子耳朵 （11 笔字）

13. 一心迎国庆 （7 笔字）

14. 小龙飞升不长角 （6 笔字）

15. 羊角长在羊身上 （7 笔字）

16. 千里之外有人家 （7 笔字）

17. 陈胜起义暗中谋 （6 笔字）

18. 山东省阴天有雨 （11 笔字）

19. 未见君来众里寻 （13 笔字）

20. 相思又起草参差 （13 笔字）

◆ 亲子时光：我和家人一起猜！

21. 李世民 （14 笔字）

22. 山西日出 （6 笔字）

23. 东方之珠 （5 笔字）

24. 云南大旱 （10 笔字）

25. 结果小于三 （11 笔字）

26. 云端闪电雨点落 （4 笔字）

27. 开封府里青天怒 （9 笔字）

28. 立项后进驻巴蜀 （9 笔字）

29. 心和祖国不分离 （8 笔字）

30. 赤兔千里逐浮云 （9 笔字）

31. 诗圣大名放前头 （多笔字）

32. 重点装备山西省 （12 笔字）

33. 重赏之下得千金 （11 笔字）

34. 墓前悼念思文姬 （14 笔字）

35. 未来展翅定腾飞 （12 笔字）

36. 扁舟一叶载相思 （10 笔字）

37. 青春与君常相随 （12 笔字）

38. 再进一点上海服装 （9 笔字）

39. 属蛇的要小心一点 （6 笔字）

40. 上海姑娘献点爱心 （11 笔字）

41. 看看似牛，其实是马 （4 笔字）

42. 玉兔迎春，树木吐绿 （9 笔字）

43. 不拘一格，引以为豪 （10 笔字）

44. 山东一日游，吃了鲜羊肉 （8 笔字）

45. 我就在河南，画人像为生（11 笔字）

46. 首都优人辈出，创造卓越成果（12 笔字）

47. 河北中部有雨，闪电之后到达（13 笔字）

48. 礼让之后进上海，超人能力似精灵（9 笔字）

49. 剥去画皮现兔形，停在原地它不动（10 笔字）

50. 上午妈妈到西湖，游子远方母牵挂（10 笔字）

51. 有人尊我为皇上，有人夸我海中王；有人画我怕点睛，说是点了会飞翔（5 笔字）

第十七讲　拟人法

拟人法是通过形象化、人格化描述，再联系生活体验而推想谜底的猜谜方法。

规律特点

形象逼真，活灵活现，幽默风趣，深受小朋友喜爱。

注意事项

易被所形容的氛围迷惑，猜起来稍难，最训练思维想象能力。

实例解析

例　一人生得丑，一耳八张口　（11 笔字）　职

解析：谜面以字喻人生动有趣，在描绘相貌的同时，巧妙地借用“耳”“八”“口”三字道破谜底为“职”。

例　有位叔叔一只眼，大事小事都爱管　（13 笔字）　督

解析：“一只眼”指一个“目”，“叔”和“目”组合是“督”，“大事小事都爱管”，进一步证实谜底是“督”字。

例　俩算命先生聊天，一个：我倒！我倒！一个：我顶！　（4 笔字）　下

解析：谜面将谜底字人格化。“俩算命先生”借代扣合两个“卜”，一个“我倒（dào）！我倒（dǎo）！”，别解为其中一个“卜”字“上下倒（dào）转”再“躺倒（dǎo）”，象形扣合“亠”；一个“我顶！”，会意别解为另一个“卜”字“立在下面”。最后，两个字素组合成“下”字。

例　夫人回娘家，头戴两朵花，住了一个月，骑着马回家（13笔字）腾

解析：用拟人法以“夫人回娘家”交代谜底。行文中又借用“夫”“月”“马”三字。第二句“头戴两朵花”是交代笔画，即“夫”字“头”上一边一点，由此合成谜底“腾”字。

例　围墙正四方，一人坐中央，女子墙左站，结婚证一张（9笔字）姻

解析：“围墙正四方”是“口”，“一人”是大，在口中央是“因”字，“女子墙左站”，在“因”左边加“女”，组合为谜底“姻”字。

例　你打我两拳，我踢你一脚，你说我是横人，我告诉你母亲（10笔字）海

解析：“两拳”“一脚”构成“三点水”，再与“横人”和“母”组合，得到谜底“海”字。

例 一人卧着一人站，背后藏刀把人瞒，整整待了一个月，做事谁也看不见（11笔字）偷

解析：谜面在采用拟人法勾画谜底的同时，前三句借用了“一”“人”“人”“刀”“月”五个字对谜底进行揭示，末句则是写义，用以暗示合成谜底的范围。经过推敲可以判断谜底为“偷”字。

例 老大老二和小三，兄弟三人逗着玩，老大踩着老二头，剩下小的在下边（8笔字）奈

解析：这个谜面中拟人与借字结合得恰到好处。它既为我们描绘了一幅饶有情趣的风俗画，又非常自然地借用了“大”“二”“小”三字，并按照书写顺序予以排列。三者合成为谜底“奈”。

例 一间房子没南墙，两个人在里面藏，一人顶着一人上，伸出头来向外望（6笔字）肉

解析：按照方位上北下南的规则，“一间房子没南墙”是“方位的下面”。“两个人在里面藏”并且“一人顶着一人上”，上面的人出头，形象地描绘出“肉”字。

例 两人相同一模样，一个立来一个躺，本来都很有力量，不是挨打就遭创（6笔字）伤

解析：第一句表明谜底字中有“两个相同的人”；第二句描述了二人的状态：“一个立来一个躺”；第三句明确谜底字中有“力”字；第四句指出谜底字的含义。综合分析四句内容，容易推断出谜底为“伤”字。

猜谜能手

◆ 比一比：哪个小组是第一？

1. 长大必成美女（9笔字）
2. 丫头写字，苦练常思（8笔字）
3. 两人争球，一人倒勾（4笔字）
4. 一对挚友，月月握手（8笔字）
5. 一人踩高跷，一人站着瞧（6笔字）
6. 小矮人，真调皮，腰中挂了俩甜梨（4笔字）
7. 头部弯，翘起脚，一根棍子要夹牢（少笔字）
8. 哥哥梳着羊角辫，出场开言来一段（9笔字）
9. 有人做假设，有人说是像，其实是女方（6笔字）
10. 一人长俩口，又是合着口，其实张着口（9笔字）

◆ 赛一赛：看谁猜得快。

11. 这一球令众人为之倾倒 （6 笔字）

12. 一人扛着拐，前边寒风来 （6 笔字）

13. 一直在深宫，双眉时下垂 （12 笔字）

14. 一到人间起凡心，迎娶美女变夫人 （4 笔字）

15. 一人来练高低杠，手抓扶稳不摇晃 （4 笔字）

16. 王家朱家结亲家，能把财宝领到家 （10 笔字）

17. 王小丫，白大娘，并肩坐在石板上 （14 笔字）

18. 伸手推走女娃，就像月亮悬天，刚刚打完电话 （9 笔字）

19. 一人冲破框框，一人站在哨岗，他俩抱住不放 （9 笔字）

20. 一人田上直立，辛勤耕种管理，丰收之后心喜 （8 笔字）

◆ 亲子时光：我和家人一起猜！

21. 三人踢球，一人卧倒 （6 笔字）

22. 白师傅掌勺，出租满街跑 （8 笔字）

23. 木上结俩瓜，旁边站个娃 （9 笔字）

24. 一人好轻功，骑着云儿行（6笔字）

25. 汪先生一点好，有主意水平高（8笔字）

26. 先发言，八上翻，一位老兄在下面（9笔字）

27. 小孩子，戴帽子，帽子上头有扣子（6笔字）

28. 二人力大冲破天，学者必是成年男（4笔字）

29. 老父偏瘫靠儿背，懂得孝道有文化（11笔字）

30. 千字不像千，八字排两边，有个风流女，却被鬼来缠（多笔字）

31. 哥俩模样像，分别把口张，哥哥抱弟弟，就往肚里藏（4笔字）

32. 小红打工去，正赶上冬至，年末好时机，坐到目的地（8笔字）

33. 有人说七十戴帽，有人说桥下跑车，有人说扛枪卫国（6笔字）

34. 女子在那看，远远一座山，下边有个洞，正好是开端（8笔字）

35. 一人站中间，上戴帽顶点，穿靴抬脚尖，右手露出点（6笔字）

36. 五大小伙伴，表演叠罗汉，下面两人抱，头上三人站（9笔字）

37. 四面不透风，老大困当中，三面没有事，一面用火攻（10 笔字）

38. 头戴竹笠帽，身穿弓字衣，身体直站立，一脚向左踢（11 笔字）

39. 盖座四层楼，十字压上头，有人占前头，在为价格愁（10 笔字）

40. 两人在前方，有个小太阳，一寸小朋友，比赛获了奖（11 笔字）

41. 哥哥胆子真是大，站在神旁不说话。每当节日来到时，喜庆每次不少它（9 笔字）

42. 两孩同爬一棵树，三条光棍被绑住，正好满了三十日，人人心里都有数（11 笔字）

第十八讲　问答法

问答法是通过回答提出问题的猜谜方法。

规律特点

谜面常有设问句。常出现如“怎么、什么、为何、哪里、多少”等性质的词。谜面是问句，谜底是答句，一问一答。

注意事项

作答不是通常的测试，而是用谜趣回答。

实例解析

例　桂子何时飘香？（10笔字）朕

解析：谜面一问，谜底一答为八月天。“八”“月”“天”组为“朕”。

例　七擒孟获意何在？（12笔字）惩

解析：《三国演义》中诸葛亮“七擒孟获”的故事人人皆知。谜面一问，底则一答是征服人心。再转入谜内，“征”“心”组合为“惩”。

例　多的十二倍等于几？（11笔字）萝

解析：“多”由两“夕”组成，“十二倍”则应为“二十四夕”，即“艹”“四”“夕”，谜底为“萝”。

例　上边二十一，下边七加一。这是什么字？一齐来猜谜！（6笔字）共

解析：“二十一”即“廿”；“七加一”即“八”；“这是什么字”自然答出“二十八”，“廿”“八”组成“共”；“一齐来猜谜”再次暗示“共”。

例　回字不通风，口字在当中。小口推上去，变为什么姓？（6笔字）吕

解析：“回”字是口套口；小口推上去变作“吕”，即小“口”从大“口”中出来，为“吕”。

例　一人肤色白，年长爱小孩。父亲的亲哥，称呼他什么？（7笔字）伯

解析：“一人肤色白”可猜出来“人（亻）”“白”，组成“伯”。“父亲的亲哥”暗示是“伯”。

例　一只小老鼠，咬住一根木，要问在谁家？百家姓里有（7笔字）李

解析：“老鼠”用“子”借代，再“咬住一根木”为“李”；“百家姓里有”暗示在《百家姓》中。

例　一个人，扛根梁，头上顶只无尾羊，爱啥之心人皆有？（9笔字）美

解析：“一个人，扛根梁”可猜出“大”；“头上顶只无尾羊”，可进一步猜出谜底为“美”。

例　卖的不喜欢吃，喜欢吃的不买，买的也不喜欢吃是什么？（少笔字）亏

解析：商人做买卖，赔本叫“亏”。卖的不喜欢“亏”，买的也不喜欢“亏”。

例　它和箭是好朋友，曲直分明有理由，引来直射留下谁？你可一定要看透（少笔字）弓

解析：由“它和箭是好朋友”得“弓”；“引来直射留下谁”，是说“弓”来“直（丨）”是“引”字，再扣谜底。

猜谜能手

◆ 比一比：哪个小组是第一？

1. 100 × 80=？（7 笔字）
2. 拿又说什么？（12 笔字）
3. 你想怎么着？（10 笔字）
4. 何为万物之灵？（5 笔字）

5. 九加九得几？ （6笔字）

6. 考试如何？一门及格 （6笔字）

7. 用舌舔甘蔗，你猜啥滋味？ （11笔字）

8. 口耳可并用，问句用啥字？ （10笔字）

9. 十个人，靠得近。要干啥？你去问 （4笔字）

10. 丝和绸，是谁造？是工人，明白了 （6笔字）

◆ 赛一赛：看谁猜得快。

11. 门上开窗，不知何意？ （6笔字）

12. 看来人可靠，不知他是谁？ （7笔字）

13. 走西口，去那边，啥地方？ （9笔字）

14. 抽出左手，竖起耳朵，寄快递吗？ （7笔字）

15. 抠门啥也舍不得，到底是为什么呢？ （6笔字）

16. 北风刮，口哨响，牛皮破，何力量？ （7笔字）

17. 一面小旗印斧头呀，爸爸的爸爸召唤啥？ （6笔字）

18. 又上尖端，是高科技，何等人才？爸的小弟 （8笔字）

19. 安居区内，好人一位，她是谁呢？爸的亲妹　（8笔字）

20. 圣上驾到，人站直了，一去哪里？藏进主腰　（10笔字）

◆ 亲子时光：我和家人一起猜！

21. 先生贵姓？免贵姓李　（8笔字）

22. 帽儿盖，给谁戴？二儿子，结了婴　（7笔字）

23. 葛根配方，饮酒品汤，热茶开水，咋进肚肠？　（12笔字）

24. 一个大方框，一人里面装。为何要这样？只为国富强　（6笔字）

25. 是谁点火把？老师好园丁；照亮孩子心，为人指前程　（6笔字）

26. 姑娘拉大弓，获得好一声；要问她是谁？妈妈姐妹亲　（9笔字）

27. 田字不通风，十字在当中。十字跳上去，变成啥汉字？　（5笔字）

28. 队伍一人走，无语闭上口；全队共几人？数数手指头　（4笔字）

29. 有人做假设，有人说是像；其实是女方，你得好猜想（6 笔字）

30. 上下各一点，厂字堵旁边；想猜中答案？名字写中间（8 笔字）

31. 日上月弯弯，日下水潺潺；溪流来哪里？石隙山缝间（9 笔字）

32. 远看像个字，近看不是字；字上添两点，你猜是啥字？（8 笔字）

33. 前天来早了，今天来迟了，怎能不留心，按时提前到？（9 笔字）

34. 一横平，一竖长，一点在右旁，苹果树上落，落向哪一方？（少笔字）

35. 一门里面怎样？一张小口隐藏。它们共处如何？爱好性格一样（6 笔字）

36. 勤奋爱劳动，出力汗珠滴；上滴下也滴，到底啥目的？猜办没道理（4 笔字）

37. 三人早操来得齐，太阳初升照大地；暖风吹来树发芽，小草出土是何季？（9 笔字）

38. 载人航天奠基人，火箭之王名学森；这位科学家贵姓？谁猜对是聪明人（10 笔字）

39. 两只苍蝇落人头，一只苍蝇落斧头；要问这是什么字？柴煤燃烧在里头（8 笔字）

40. 儒家学说他创先，周游列国十四年；老家曲阜字仲尼，何姓教育大圣贤？（4 笔字）

41. 木子长叶，到了三月；李家扬鞭，得个第三；禾苗生子，一年有四；你想猜中？打开脑洞（8 笔字）

42. 北风吹，雪花飘，小鸟饿得喳喳叫；小朋友，把雪扫，拿来谷子喂小鸟。这时什么季节到？（5 笔字）

第十九讲　计算法

计算法又称“运算法”，即通过数学推算或单位转换而得出谜底的猜射方法。

规律特点

1. 数学推算的谜面中，常带有表示运算的提示。如：加上、减去、乘、除、未知数、加、和、积、几等。

2. 计量单位换算的谜面中，常用等量来替代。如：十分等于寸；一角等于毛；十角等于元（块）；二十等于草字头；十五分钟等于刻；七天等于周；十天等于旬；三十天等于月；三个月等于一个季；三百六十五天等于年；一百年等于世纪……

3. 计算法不同于数学中的计算，只不过是让谜面变得扑朔迷离，猜射者须仔细琢磨，根据需要来确定运算的方法。

注意事项

运算谜通常不直截了当，而是拐弯抹角；谜底组成部分并不是对谜面的直接解读，猜时要联想和谜面有关的计量单位，然后找到它们之间的联系。

实例解析

例　三十天（9笔字）音

解析：“三十”而“立”，“天”即“日”，所以谜底字为“音”。

例　都一尺一（12笔字）等

解析：“都”理解为“个个”，“一尺一”换算为十一寸，“个个十一寸”组合成谜底字“等”。

例　步卒五千（12笔字）筛

解析：周代军制，二千五百人为一师，五千正好扣两个师，即“筛”字为谜底。

例　重点得百分（6笔字）尽

解析：将“重点”字面意思别解为“chóng diǎn”；一尺＝十寸，一寸＝十分，百分＝一尺，“尺”字下面加两个“点”，得谜底“尽”字。

例　二十减去二（13笔字）槎

解析：由谜面计算得到“差为十八”，简化为“差十八”。“十”“八”“差”三个字组合成谜底字“槎”。

例　五加三等于几（10笔字）积

解析：“积”字拆解为“和八”，指和为八。

例　八十一了，得子十八（7笔字）　李

解析：“李”字拆分为“八十一了”四个字，“一了”二字又可组合为“子”，得“子十八”。

例　左边九加九，右边九十九（9笔字）　柏

解析：　九加九等于十八，十八组合为“木”字；九十九是“一百减一”，“百”字减掉“一”，剩下“白”字；“木”和“白”组合为谜底“柏”字。

例　三三两两同来到，七天不变再循环（8笔字）　周

解析：“三三两两”加在一起是“十”，“十”“同”“来到”变为“周”字，后一句印证了谜底就是“周”。

例　里外都是未知数，见它使舵就来雨（4笔字）　风

解析：数学上“几”和“X”都是需要通过计算求得的未知数，把“X”放到“几”中间，形如“风”字。常言见风使舵，有风就来雨，再次重扣谜底“风”。

例　木子长叶，到了三月；禾苗生子，一年有四（8笔字）　季

解析：“木子长叶”是“季”字，一个季度是三个月；“禾苗生子”是“季”字，一年有四季。谜面四句都扣合谜底“季”字。

猜谜能手

◆ 比一比：哪个小组是第一？

1. 你我他（6笔字）

2. 一块到国外（7笔字）

3. 五十对耳朵（8笔字）

4. 共三十六夜（11笔字）

5. 七十二小时（12笔字）

6. 屈指行程二万（12笔字）

7. 空心树，十八寸（7笔字）

8. 二十载又去大庆（9笔字）

9. 一定在百分之八内（12笔字）

10. 六十不足，八十有余（5笔字）

◆ 赛一赛：看谁猜得快。

11. 合计一米（7笔字）

12. 三只狡兔（7笔字）

13. 一千零一夜（7笔字）

14. 三六九求和（10笔字）

15. 四又二分之一 （4 笔字）
16. 加减乘除少一点 （7 笔字）
17. 二进四中方百分 （7 笔字）
18. 减减加加得多少 （6 笔字）
19. 算来算去少三尺 （少笔字）
20. 献出十分百分爱心 （9 笔字）

◆ 亲子时光：我和家人一起猜！

21. 78.3 （9 笔字）
22. 日进十寸 （9 笔字）
23. 鸟飞三周 （13 笔字）
24. 十一人谋职 （5 笔字）
25. 正好三十分 （12 笔字）
26. 三个加在一起 （6 笔字）
27. 两点十分进庄 （11 笔字）
28. 三周孵出小鸡 （多笔字）
29. 加加减减得十分 （9 笔字）
30. 一对夫妻生一个 （6 笔字）

31. 三两残杏挂枝头 （11 笔字）

32. 多半用三十六计 （11 笔字）

33. 二十三加八十一 （11 笔字）

34. “五一”厂里放影片 （9 笔字）

35. 外面四角，里面十角 （7 笔字）

36. 先后和好，整三个月 （8 笔字）

37. 争先使用，十分合适 （7 笔字）

38. 一一清查，有十八口 （7 笔字）

39. 言传身教，十分必要 （12 笔字）

40. 三五成群，聚少成多 （10 笔字）

41. 一字可运算，有乘和加减 （4 笔字）

42. 添个小数点，加减乘除全 （7 笔字）

43. 先扣去一百，后挑出立白 （8 笔字）

44. 猜对加十分，重复得一双 （少笔字）

45. 求出正方形，除非加直线 （10 笔字）

46. 贪一时，毁一生，十分不值 （7 笔字）

47. 到午间一点，有三百六十多天 （6 笔字）

48. 右边九十九，左边九百九十九 （7 笔字）

49. 一十一，九十九，五斗加五斗 （14 笔字）

50. 貌似大于 1，小于 7，不等于 3 （9 笔字）

51. 左边三，右边三，十一立在正中间 （8 笔字）

52. 数数算算大过千，添上一点正四边 （少笔字）

53. 看上去三十上下模样，恰似花儿一般 （5 笔字）

54. 减去一个，孤单一人；加上一个，结伙成群 （4 笔字）

55. 数字 3 和 1，两个抱一起；数字七和十，上下互相依 （6 笔字）

谜底在这儿

1 仐 2 园 3 陌 4 梦 5 晶 6 堇 7 村 8 度 9 道 10 乎 11 耒 12 究 13 歼 14 棋 15 双 16 坟 17 园 18 玑 19 一 20 冠 21 粢 22 昼 23 鹊 24 仕 25 毳 26 全 27 痔 28 醋 29 封 30 仐 31 梧 32 梦 33 基 34 彦 35 园 36 季 37 角 38 杏 39 谢 40 积 41 支 42 坟 43 拍 44 又 45 匪 46 告 47 年 48 伯 49 碧 50 娜 51 非 52 万 53 卉 54 从 55 阵

第二十讲　假设法

假设法是通过假设在某种条件下，判断得出某种结果的猜射方法。

规律特点

规律：单句时，一般是“来什么得什么”格式；多句时，围绕同一字，一般是“有什么做什么”格式。

特点：谜面可分两部分。第一部分提出假设条件，是基础；第二部分明确所产生的结果。

两部分都不直接与谜底相扣，只有当假设情况条件充足后，方能准确找到谜底。

注意事项

有的可通过谜面字义找到谜底，有的须分析谜面更深层含义，把隐藏的谜底挖掘出来。

实例解析

例　有点范围大（少笔字）厂

解析：“厂”字若有“点”，便成“广”字，其意思是“范围大”。

例 本来就不聪明（6笔字） 竹

解析：谜底为“竹”，如果“本”字来，当会合成“笨”字（“竹”以“竹字头”替代）。“笨”者则不聪明！

例 来日一定成明星（13笔字） 腥

解析：“腥”字可拆成“月”和“星”，来个“日”组成“明星”二字。

例 出以公心可移山（9笔字） 禺

解析：看到此谜自然联想到“愚公移山”，则谜底“禺”字便呼之欲出。我们不妨用解方程的方法来解析猜谜过程。先设谜底为x，则有x+公心=愚公（出，宜别解为出现；可移山的人应该是愚公），移项即得x=愚公—公心=禺。猜射此谜思路只要触及“愚公移山”，谜底呼之欲出，若思维方向不对，很难破底。

例 有耳能听，有口会问（少笔字） 门

解析：谜底要猜的字，如果加上“耳”，是听的意思，即“闻”；如果加上“口”，就是“问”。综合起来一看，谜底“门”就出来了。

例 带鱼味鲜，木头有样，水多为洋，说话能详（6笔字） 羊

解析：“鲜”包含“鱼”和“羊”两部分，通过第一句初步推断谜底字是“羊”；有后三句进一步验证，都能够成立，得到谜底为“羊”。

例　有木花枝俏，有脚蹦得高，有手肩上扛，有目向远瞧（6笔字）兆

解析：谜底是“兆”。“兆”字有“木”为“桃”——花枝俏，有“脚”（“⻊”）就“跳”——蹦得高，有“手”（“扌”）便“挑”——肩上扛，有“目”则“眺”——向远瞧。

例　用手怀里抱，长脚会溜掉，点火能炸响，遇水就冒泡（5笔字）包

解析：“包”加“扌”是“抱”，加“⻊”为“跑”，点“火”开“炮”，遇“水”冒“泡”。四句话环环相扣，都落实一个“包”字。

例　有火能做菜，用电省一度，张口千公斤，睁眼却睡觉（4笔字）屯

解析：“屯”字加了“火”为“炖”，是一种做菜方法；“屯”与“电”字笔画相比差“一”；加“口”为“吨”，是千公斤；加“目”是“盹”，睡觉之意。

例　有的叫出租，有雷响霹雳，举枪就开火，动手当帮凶（5笔字）打

解析：“叫出租”就是打的，“响霹雳”即打雷，“举枪就开火”即为打枪，“帮凶”就是打手，四句话都扣合“打”字，即为谜底。

猜谜能手

◆ 比一比：哪个小组是第一？

1.　一生执教（5笔字）

2.　一来就当官（5笔字）

3.　有耳听不见（5笔字）

4.　晚上到了就做梦（8笔字）

5.　满水来洗洗，宝盖戴法令（6笔字）

6.　戴冠军帽会写，到山脚下是屿（少笔字）

7.　鸟儿飞来像天鹅，吃饱食物它不饿（7笔字）

8.　有水成河，两个是哥，头大出奇，来人何依（5笔字）

9.　海水流干，梅树被砍，悔不用心，诲别多言（7笔字）

10. 一次得资，来分变贫，借才发财，做工贡献（4笔字）

◆ 赛一赛：看谁猜得快。

11. 点睛能飞（4 笔字）

12. 一去无消息（9 笔字）

13. 安下心来读书（4 笔字）

14. 有了才，方生财（4 笔字）

15. 与君相伴不孤单（6 笔字）

16. 进言试试看，手到拭拭干（6 笔字）

17. 种树在学校，张口用牙咬，有车作比较（6 笔字）

18. 有耳听不到，个个笼中罩，穿衣被袭扰（5 笔字）

19. 来马得驴，有羽得扇，生火得炉，一月得肩（4 笔字）

20. 有木变枯，女的叫姑，来人推算，有月姓胡（5 笔字）

◆ 亲子时光：我和家人一起猜！

21. 与人方便，到口哽咽，有木花梗（7 笔字）

22. 有口能吸，有土垃圾，有木至极（少笔字）

23. 积贝增财，积木成材，人见人爱（少笔字）

24. 有皿把物盛，出言显忠诚，土挡固守城（6 笔字）

25. 用爪就爬，有米做粑，一月增肥，父来喊爸（4 笔字）

26. 供给他人，拱手让人，洪水退去，随口哄人（6笔字）

27. 遇火就烧，有水就浇，猜它是尧，你就错了（8笔字）

28. 行走一遍，来人看偏，竹头写篇，马上就骗（9笔字）

29. 给棵树就是板，让它走往回返，送上食能吃饭（4笔字）

30. 姓王的来打球，姓衣的来买裘，姓文的把人救（7笔字）

31. 加水就变淡，出言便健谈，毛纺织成毯，灾后必重建（8笔字）

32. 有女叫招娣，刀能把头剃，急走送快递，要爬上木梯（7笔字）

33. 有虫叮咬人，有土埋没人，有口更小气，而是吃斋人（4笔字）

34. 有水泪汪汪，有雨笠顶挡，有手拉不动，有米粒归仓（5笔字）

35. 择食肚皮空，又来见飞凤，张口叽叽声，叫错就起风（少笔字）

36. 出言请您来，用心真情在，日出太阳照，无争安静来（8笔字）

37. 张口扬了名，进林梦成真，同伴可不少，出山知年龄（少笔字）

38. 合影后出彩，失足会被踩，菜头拔出来，侧目不理睬（8笔字）

39. 投石破个洞，见水波浪涌，二人来彼此，用手披斗篷（5笔字）

40. 用心多思量，顺水到湘江，竹编箱发货，出厂挂车厢（9笔字）

41. 派人来值班，运木植树间，两点真亮相，腰杆不会弯（8笔字）

42. 开火敌方恐，添衣御寒冬，种草花欲放，伸手怀中拥（5笔字）

43. 发言作点评，有土长草坪，用心怦怦跳，投石砰砰声（5笔字）

44. 有竹可晒衣，有日望云霓，有水能湿背，有月连心肺（少笔字）

45. 有木舟中站立，有足只能屈膝，有话不可轻言，有事情况险急（6笔字）

46. 戴竹帽笛子到，加足水油外冒，一伸手就挨抽，穿上衣就有袖（5笔字）

47. 一点一点变冷，头上下雨为零，右边长耳是邻，一页在右引领（5笔字）

48. 有水能养鱼虾，有马奔驰天下，有人不是你我，有土能长庄稼（少笔字）

49. 女生有姿态，开口就咨询，片瓦当瓷器，宝贝可投资（6笔字）

谜底在这儿

1帅 2史 3龙 4林 5先 6与 7我 8可 9每 10贝 11乌 12查 13今 14贝 15羊 16式 17交 18龙 19户 20古 21更 22及 23才 24成 25巴 26共 27林 28扁 29反 30求 31炎 32弟 33文 34立 35儿 36青 37夕 38采 39皮 40相 41直 42包 43平 44千 45危 46由 47令 48也 49次

第二十一讲　运典法

运典法是运用典故的知识，进行分析推理的猜谜方法。

规律特点

运典法涉及内容广泛，围绕正史、野史、文学、传说、古典、寓言、故事、戏曲、历史事件等进行灯谜制作。要求猜者博览群书，知识涉猎和储备都足够，上知天文，下晓地理，识经明典，博古通今。

注意事项

猜者要热爱学习，喜欢阅读。此类字谜猜射难度较大，必须运用典故中所包含的关联内容来考虑。

实例解析

例　将相和（12笔字）斌

解析：《将相和》出自司马迁的《史记·廉颇蔺相如列传》。由“完璧归赵”“渑池之会”和“负荆请罪”3个小故事组成。在完璧归赵、渑池之会中，蔺相如凭借着出色口才和惊人胆识，维护了赵国的利益，也得到了上卿的封赏，而老将廉颇认为蔺相如不过一介书生，哪里比得上行军打仗的功劳大。后来廉颇得知蔺相如始终以国家大事为重，便向蔺相如负荆请罪。之后两人和好，开始齐心协力地辅佐赵王治理国家。“斌”字左右拆开为“文”“武”。文臣武将，蔺相如和廉颇正好一文一武，两人和好，就是“文”“武”合一起成“斌”。

例　达开入川（9笔字）泵

解析：太平军将领石达开，因韦杨内讧而西遁四川。“达开”以名扣“石”。“川”与“水”同义，二者相合成“泵”。

例　杨令公的兵器（7笔字）钊

解析：杨令公，北宋名将杨继业，又叫杨业。因作战勇猛，擅使一口大关刀，人称“金刀令公杨无敌”。“杨令公的兵器”扣出“金刀”，“刀”转化为“刂”，得“钊”。

例　伐木声中迎洞宾（10笔字）哥

解析：诗曰：“伐木丁丁，鸟鸣嘤嘤。”“丁丁”为伐木声。洞宾，是传说中的“八仙”之一吕纯阳。“丁丁”迎“吕（即口＋口）”，巧缀成“哥”。

例　诗圣诗仙姓名连（12笔字）楮

解析：“楮”字由“木”和“者”组成。“者”上的“土”与前面的“木”合成“杜”，承“诗圣（杜甫）”的姓。余下“白”字，乃“诗仙李白”的“名”。“连”字明确

“丿”连笔，从“者”的“耂”处借让给下面的“日”，成“白”。

例 板桥遗墨价值高（多笔字）篑

解析：清代郑板桥最善画竹，有“一枝一叶总关情”等写竹的名句传世，因诗、书、画一体，“遗墨（竹）”显“价值高（贵）”。“贵”加“竹”即为“篑”。

例 张生待月在西厢（9笔字）胜

解析：谜面说的是《西厢记》中张生待月西厢，期望与莺莺幽会的事。谜意则将“月”和“生”作核心词，由其他词抱衬关合谜底。“西厢”表示方位，“月”要待在“生”的西边，于是“胜”就出来了。

例 刘邦闻之喜，刘备闻之哭（14笔字）翠

解析：项羽是刘邦的仇敌，项羽死了，即“羽卒”为“翠”，刘邦自然高兴；关羽是刘备的好兄弟，关羽死了，也是“羽卒”为“翠”，所以刘备伤心而哭。两个故事，说的都是同一个“翠”字。

例 家中一大将，长得粗又壮；既像关云长，又像楚霸王（10笔字）扇

解析：谜面以拟人手法暗示了组成谜底的两个字的含

义。“家”是“户”的同义词，头两句是说“户”下有一武将；后两句是说这员武将像“关云长”和“楚霸王”，由此带出个“羽”字，因关云长名关羽、楚霸王名项羽，于是由“户”“羽”二字组合成谜底“扇”。

例　一字珍奇，四层含义，霸王举鼎，王婆骂鸡，武松打虎，吴汉杀妻（10笔字）　捌

解析：谜面以拟人手法暗示谜底由四部分所述含义组成，即“举鼎”用“手”，“骂鸡”用“口”，“打虎”用“力”，“杀妻”用“刀”。组合起来就是谜底“捌”。

猜谜能手

◆ 比一比：哪个小组是第一？

1. 指点项王自刎处（11笔字）
2. 子龙护航，送别出关（7笔字）
3. 完璧归赵，人财两得（10笔字）
4. 子牙垂钓，苏武放牧（14笔字）
5. 西子湖畔无西施，去也（12笔字）
6. 白日依山尽，夕阳落山下（6笔字）

7. 治本在于人，一休打坐真　（7笔字）

8. 在天愿作比翼鸟，牛女双星在天上　（6笔字）

9. 演双簧藏在背后，报家门亮在前头　（10笔字）

10. 猪八戒摔跤嘴啃地，口里挤出一把泥　（6笔字）

◆ 赛一赛：看谁猜得快。

11. 霸王自刎　（14笔字）

12. 天上牵牛织女　（8笔字）

13. 十八罗汉去海边　（6笔字）

14. 汉高祖阳寿终尽　（6笔字）

15. 三十六计选上策　（多笔字）

16. 认得后影是云长　（13笔字）

17. 八戒贪吃故事，后来上了搜狐　（5笔字）

18. 小荷才露尖尖角，早有蜻蜓立上头　（5笔字）

19. 取经东来劫后生，泾水流尽再添力　（7笔字）

20. 大同石窟是景点，狗在洞穴正中间　（9笔字）

◆ 亲子时光：我和家人一起猜！

21. 马关条约　（8笔字）

22. 巴金全集　（多笔字）

23. 陆绩怀橘 （14 笔字）

24. 刘备舞双剑 （8 笔字）

25. 和嫦娥交朋友 （10 笔字）

26. 半部《包公案》 （8 笔字）

27. 陷入东窗终受捆 （7 笔字）

28. 闻道循章解一义 （4 笔字）

29. 来者八戒与唐僧 （9 笔字）

30. 画梁春尽落香尘 （少笔字）

31. 上下都是关云长 （10 笔字）

32. 且将献之比羲之 （12 笔字）

33. 润之下笔如行云 （11 笔字）

34. 早有蜻蜓立上头 （多笔字）

35. 荣国府家破困顿 （10 笔字）

36. 守株待兔在田头 （14 笔字）

37. 瑜亮掌中字暗合 （10 笔字）

38. 河间得遇鲁子敬 （11 笔字）

39. 东野先生折柳来 （12 笔字）

40. 或重于泰山，或轻于鸿毛 （10 笔字）

41. 牵牛织女遥相望，鹊桥一线贯西东 （8 笔字）

42. 二十一日，来了一人，它要东风，火烧曹兵（10 笔字）

43. 前面用嘴说，后面用头磕，前后在一起，李杜出杰作（8 笔字）

44. 守徐州失去大半，战吕布打掉巾冠，骂侯成盗去花马，恨董卓有心无肝（多笔字）

45. 一条字谜大家猜，细细琢磨答案来。有人说声要发言，有人说是石达开（9 笔字）

46. 《三国志》魏蜀吴各有据点，《水浒传》诸英雄同奔一方，吴承恩写神怪似人非人，《红楼梦》大观园佳人才子（12 笔字）

谜底在这儿

1 鸿　2 话　3 圆　4 鲜　5 游　6 岁　7 体　8 关　9 诸　10 吐　11 翠　12 姓　13 权　14 邦　15 趣　16 谬　17 瓜　18 去　19 劲　20 突

21 杵　22 镯　23 裹　24 剂　25 胶　26 构　27 束　28 文　29 狮　30 刀　31 翁　32 琵

33 笼　34 蟑　35 莹　36 榴　37 拳　38 啸　39 揉　40 毙　41 姓

42 借　43 诗　44 德　45 研　46 游

第二十二讲　双扣法

双扣法又称“重扣法”，是谜面对谜底整体进行两次重复扣合的方法。灯谜中，除了“双扣”，还有“三扣”，个别出现“多扣”。

规律特点

谜面由文义相连的两部分组成，每一部分都能分别与整个谜底扣合。猜射时可根据谜面的两个部分独立思考，扣合谜底，再用结果进一步相互印证，以便推导出有把握的谜底。

注意事项

双扣或三扣法中若有一个能够猜中，再带到另外部分中去验证；若成立则为谜底，否则变换思路考虑。这样较为节省时间，容易提高猜中效率。

实例解析

例　调查日未隐瞒（9笔字）昧

解析：“调查”即“查”字调换位置可得到“昧”字，“日未”组合为“昧”，其字义是“隐瞒”，所以三扣谜底字“昧”。

例　加倍不少，加一不好　（少笔字）　夕

解析：“夕”字加倍为“多”，当然“不少”；“夕”字加“一”为“歹”，当然“不好”了！

例　方阵有变待收编　（13笔字）　辑

解析：此谜的妙处在于运用拆字和会意双扣。拆字之中有借代，以口代方，以耳代“阝”。由“方阵有变”即可推出谜底字。“子”“待收编”是用会意法再次扣合谜底字“辑”。

例　举手就打，合眼入梦　（8笔字）　垂

解析：“垂”字加了“手”就是“捶”，加了“目　”就是“睡”。

例　步行接亲，不亦乐乎　（多笔字）　趣

解析：“步行”为“走”路，“接亲”去“娶”老婆，这是一个通假字，“取”通“娶”，非常有“趣”。

例　让一下子，等一会儿　（少笔字）　了

解析：让“一”从“子”字上下来，就剩谜底“了”字；等“一”会成为“儿”，“儿”就是“子”，即来“一”就为“子”，谜底也是“了”。

例 自小在一起，目前少联系（9笔字） 省

解析：“自”“小”两个字在一起，可组合成“省”；“目”字的前面与“少”字联系上，也成为“省”字。

例 四方称霸王，作恶的下场（多笔字） 噩

解析：“四方”是四个“口”，分别放在“王”字中，为“噩”，正是作恶的下场。

例 孙子不在旁，你人把帽摘（少笔字） 小

解析：“孙”字的“子”不在，剩下“小”就是谜底；“你”的人字旁和“尔”的帽摘掉，即得谜底“小”字。

例 发奋改革咱先上，人要实干品行高（11笔字） 啥

解析：谜面前一句，将“奋”改成“大田”，再进一步改革分成“一人十口”，加上“咱”的先头部分“口”，组合成“啥”字；谜面后一句，取“人”字，还有实打实的“干”字，“品行高”即拿去“品”字高端部分，剩下低端部分“口口”，“人、干、口口”再次组合得到谜底“啥”字。

猜谜能手

◆ 比一比：哪个小组是第一？

1. 正确，又加十分！　（5 笔字）
2. 买卖做成，横竖是它　（少笔字）
3. 兄长开口，四望无边　（少笔字）
4. 毁掉森林，林中伐木　（4 笔字）
5. 要去上学，要学到底　（少笔字）
6. 撒手不管，难以集中　（12 笔字）
7. 终日香飘逸，秋后走动多　（5 笔字）
8. 酒后走一走，出去晒太阳　（6 笔字）
9. 一来呆一天，骑马可靠边　（少笔字）
10. 河水悄悄流，奇事大都有　（5 笔字）

◆ 赛一赛：看谁猜得快。

11. 两点出关，大有干头　（4 笔字）
12. 四十载改革，战无不胜　（7 笔字）
13. 人不在其位，规章早已废　（5 笔字）
14. 又到日落时，树木移走了　（5 笔字）

15. 一人在国外，进口规模大 （6笔字）

16. 有人可依靠，成龙能沿袭 （6笔字）

17. 家庭如商场，乱吵心里慌 （8笔字）

18. 放学后再来见，闭着眼在睡眠 （9笔字）

19. 十一一齐出现，又来前面参观 （4笔字）

20. 中国海西改革，主要先活机制 （8笔字）

◆ 亲子时光：我和家人一起猜！

21. 闯出门，驴出户 （少笔字）

22. 育才有方，口才变样 （6笔字）

23. 睡眠充足，歇息香甜 （6笔字）

24. 湖心岛上，活水流淌 （6笔字）

25. 有手有脚，盗贼难逃 （7笔字）

26. 存心必怕，加十当真 （8笔字）

27. 由那边连接，传递信物件 （7笔字）

28. 不得到辽西，仍旧返回去 （7笔字）

29. 一言见真诚，梦想就实现 （6笔字）

30. 人说多子为好，我说少生为妙 （少笔字）

31. 到了除夕岁尾，话还不够一句　（6 笔字）

32. 五一合同上交，七一决定出差　（4 笔字）

33. 从前在土台上，失去再没找到　（6 笔字）

34. 一代人去工作，试发言成功了　（6 笔字）

35. 人要多奉献，一个仁字见真心　（10 笔字）

36. 视力达良差点，需要保护双目　（11 笔字）

37. 旁人不得苛求，何必草下藏身　（10 笔字）

38. 穷帽脱去得富足，劳苦终将面貌改　（7 笔字）

39. 日日相系心上头，冀中永远放心上　（9 笔字）

40. 咱们工人有力量，工作出力业绩棒　（5 笔字）

41. 人品端正见赤心，发奋改革当奉献　（8 笔字）

42. 四层楼上装天线，真是少了两只脚　（8 笔字）

43. 黄河由此水可清，洪水流尽都安宁　（6 笔字）

44. 本来第一很优秀，翻个跟头得自由　（5 笔字）

45. 出闺房巧遇千金，闺女出门年纪小　（9 笔字）

46. 灾后坚持责任制，重点承包到个人　（9 笔字）

47. 卯时困了口张开，如此闲聊闻不得　（9 笔字）

48. 主动带头来务实，献上一颗爱国心　（8 笔字）

49. 桃李开后近黄昏，入夜杯杯不落空（11 笔字）

50. 西湖共结月下盟，不冷不热性情平（12 笔字）

51. 两点到京来会合，冲到前面心不惊（10 笔字）

52. 晴来无日不开怀，清清流水入心田（11 笔字）

53. 有黑扫黑，齐心治理；有恶除恶，清风始得（8 笔字）

第二十三讲　借字、写义综合法

综合法，即将两种或两种以上的猜谜方法结合在一起使用。借字、写义综合法就是把借字法和写义法综合运用起来的猜射方法。

规律特点

借字、写义综合法特点：谜面中既通过借字交代谜底，又写出谜底字的含义。

注意事项

在用借字法猜中谜底的前提下，结合写义进一步验证猜想是否正确，二者统一即可确认谜底字。这种猜谜方法准确率较高。

实例解析

例　有点爱心会宽容（9笔字）宥

解析：谜面前半部分是离合，后半部分是写义。“有点”实用于谜底字中，“爱心”即“爱”字中心，扣“一”；“宽容”是指人宽宏大量，不计较不追究，包涵，原谅，正是谜底“宥”的字义。

例　出言滑稽又可笑（9笔字）皆

解析：“言”字一出现，与“皆”组合，即为“谐”字，“谐”有“滑稽、可笑”之意。

例　先读拼音，字义熟悉（11笔字）谙

解析：“先读”意为先写的读字部分“讠”，与“拼音”中“音”字拼在一起为“谙”字，其字义为“熟悉”，则谜底为“谙”。

例　早上报到忽分心，真正做到不费力（8笔字）易

解析：“早上”是“日”，“忽分心”是“勿”，“日”到“勿”上得到“易”字，“真正做到不费力”再次证实谜底是“易”。

例　从小上来又读书，若论辈分比你大（8笔字）叔

解析：首句中的“小”“上”“又”是借字，可用以合成谜底，同时“读书”表示这个字发音是“书”（shū）；后句是写义，暗示合成谜底的范围是长辈，谜底为“叔”，发音也是shū。

例　存心不让出大门，你说烦人不烦人（7笔字）闷

解析：前面拆字，存“心”不出“门”，为“闷”；后面写义，“闷”就是烦闷的意思。

例　来岁封山育林，实现绿化理想（11笔字）梦

解析：“来岁封山”为“夕”字，与“林”组合成“梦”字，“实现绿化理想”意为“圆梦”，扣合谜底是“梦”。

例　论文字一半是春秋，论年代一半在春秋（10笔字）秦

解析：前句是借字，暗示谜底由“春”“秋”二字的部件构成“秦”“香”或“炅”三个字；后句写义，暗示谜底所处的年代有“一半在春秋”时期。通过双重暗示，可得谜底为“秦”字。

例　正数人七十，倒数十七人；不管怎么数，都是中国人（6笔字）华

解析：“华”字正数顺序为“人七十”，倒数顺序为“十七人”。

例　前边有个太阳，后边有个月亮；它们同时出现，天地更加亮堂（8笔字）明

解析：“太阳”是“日”，后面有个“月”，“同时出现”组合成“明”，所以“天地更加亮堂”，谜底扣合“明”字。

猜谜能手

◆ 比一比：哪个小组是第一？

1. 刀出鞘，后劲足 （少笔字）
2. 进门闻，听得清 （6 笔字）
3. 头顶官帽，忠诚可靠 （8 笔字）
4. 说话有力，马上去干 （6 笔字）
5. 进入门口，接受盘查 （6 笔字）
6. 两人前后配合盗窃作案 （11 笔字）
7. 春日三分闲，有女也有男 （少笔字）
8. 两个合一起，熊猫最喜欢 （6 笔字）
9. 工友又不在，没有去右边 （5 笔字）
10. 有雷没有雨，农民去种地 （5 笔字）

◆ 赛一赛：看谁猜得快。

11. 人要虚心，命运改变 （4 笔字）
12. 有人来住，说话算数 （5 笔字）
13. 张弓搭箭，招来导航 （4 笔字）
14. 收二人为徒，一起向前进 （7 笔字）

15. 尚须来一趟，只能靠步行　（7 笔字）
16. 一生在东都，客中生意兴　（11 笔字）
17. 七人头戴草帽，绿叶丛中含笑　（7 笔字）
18. 土来成为一体，建立美丽都市　（9 笔字）
19. 清除街心积土，大家赞同拥护　（6 笔字）
20. 苟能为政清正，则会受人尊重　（12 笔字）

◆ 亲子时光：我和家人一起猜！

21. 人穿衣，可服从　（8 笔字）
22. 走到街头见学生　（10 笔字）
23. 上午发言，表示认可　（6 笔字）
24. 出版之后，拍成电影　（4 笔字）
25. 宰相脱帽，艰难即到　（7 笔字）
26. 点点之争，房洁窗明　（8 笔字）
27. 树中有鸟，雄性报晓　（7 笔字）
28. 有手有脚，盗贼难逃　（10 笔字）
29. 来日达京，春色满园　（12 笔字）
30. 知音同心，愿望一致　（13 笔字）
31. 灯谜设格，望而生畏　（11 笔字）

32. 只有一点水，恳请要得到 （7笔字）

33. 一物有千口，你我他都有 （6笔字）

34. 月下一头牛，从来不服输 （9笔字）

35. 那边有一人，回到行列中 （4笔字）

36. 智取太阳光，人人都明了 （8笔字）

37. 一点点落实，给钱拿东西 （6笔字）

38. 赛后双领先，一片颂扬声 （多笔字）

39. 来人站旁边，太阳刚落山 （12笔字）

40. 寸土不丢村庄保，人人可以安睡了 （7笔字）

41. 方框里面宝玉装，愿我中华更富强 （8笔字）

42. 不思饮食尽力劝，喜笑颜开过新年 （6笔字）

43. 松开把手手别抓，手脚着地向前滑 （8笔字）

44. 一点爱心献足下，平安镇静不变动 （8笔字）

45. 妇女节后当向导，上下求索细查找 （6笔字）

46. 占点空间建个厂，销售货物铺子旺 （8笔字）

47. 主动大方成一统，人民团结华夏兴 （8笔字）

48. 一个提手一个丁，合在一起拍苍蝇 （5笔字）

49. 秋禾已收人过来，合作共事大平台 （6笔字）

50. 泪流干，请发言，合一起，眼球圆 （13笔字）

51. 几只小舟又到场，组合起来很平常（10笔字）

52. 交完税后你走人，凑在一起最合心（10笔字）

53. 后半先写，前半后写；杂粮大类，走之逗留（7笔字）

54. 先是知足，好兆来到；快乐跃蹦，容易猜中（13笔字）

55. 千字头，木字腰，太阳出来往下照，人人都说味道好（9笔字）

56. 一方争出头，争到头角断，有它做工作，无它不登殿（8笔字）

57. 垒起四合院，里边住王家，有个共同点，建设大中华（8笔字）

第二十四讲　象形、写义综合法

象形、写义综合法，是指根据谜面文字象形的描述，结合对汉字字义的理解，双重扣合得出谜底，两者相得益彰、互为补充。同时满足两个条件者，才能得出正确的谜底字来。

规律特点

象形、写义综合法的谜面分为两部分。猜谜时根据自己对谜面的理解，先用其中的一部分猜中谜底，再用另一部分验证，若确认无误，即得到谜底；若不一致，需要再次猜测谜面中的玄机，进一步调整分析思路，扣合谜底。

注意事项

不可只通过一部分得到谜底，为了省事而不用另一部分去验证，避免一时疏忽而出现差错。

实例解析

例　钥匙诚仅见，缺口看非真（11笔字）假

解析：“钥匙”形如“假”字中间部分；“非真”意思是“假”；与“仅”和“缺口”组合成谜底“假”字。

例　首都，晴，风向东北，风力三级（多笔字）影

解析：谜面是一连串气象预报，只猜一字，别出心裁。“首都”扣“京”；“晴”扣“日”，与“京”合为“景”。“风向东北”，象形为“彡”，巧妙之处是“东北”方位准确。“风力三级”也象形为“彡”，与“景”组成谜底“影”字。

例　无柄刃，长柄刀，上了船，随风飘（7笔字）迎

解析：“无柄刃，长柄刀，上了船”这三句描绘出“迎”字，其字义是“冲着”、“随（风）”等，可联想到谜底“迎”字。

例　放宽心，别误会，自己改正能悔罪（5笔字）艾

解析：前两句形似“艾”字。“艾”即悔恨自己的错误，自己改正。谜面双扣“艾”字。

例　一点一滴加一个，挡雨遮阳都不错（6笔字）伞

解析：前面两句形象描述了“伞”字的构成要素；“挡雨遮阳都不错”是伞的用途，人人明白，很容易猜中谜底“伞”字。

例　搭个木架，四四方方，一齐出力，多多帮忙（5笔字）加

解析：“口”就像搭好的“木架”；与“力”组合成“加”字，“加”有增多之意。

例　竹林下面，搭弓射箭，名列前茅，考中武官（11笔字）第

解析：前面两句形象地描绘出“第”字；后两句含义为“科举考试及格的等次”，所以谜底字是“第”。

例　撑起三条横杆，两个直一个弯，方幕扯在上面，四周拦挡绕一圈（7笔字）围

解析：前三句形象地描绘出谜底字是“围”。“围”即围绕，四周拦挡起来。象形、写义双扣谜底是“围”。

例　一个扁洞口，双鼠藏里头，把土推出来，产下四鼠仔，都是乌墨色（12笔字）黑

解析：根据谜面前四句形象描述，可分析推断为“黑”字，最后一句验证谜底一定是“黑”。

例　一张桌子腿三条，上边供着一只鸟，口在旁边做祷告，儿在下边保安好（9笔字）祝

解析：从前两句得到“祝”字左边偏旁，从后两句得到“祝”字右边偏旁，“祷告”和“保安好”都有“祝福”之意，所以谜底是“祝”字。

猜谜能手

◆ 比一比：哪个小组是第一？

1.　看时圆，写时方，冬时短，夏时长（4笔字）

2.　仰见桥上挂三星，学子就要见世面（9笔字）

3.　甩掉尾巴争先进，牛头上面东西硬（7笔字）

4.　兔头连着长尾巴，红黄蓝绿亲近它（6笔字）

5.　远树迷离伤客心，它使人们都受损（10笔字）

6.　孤星照小桥，高云落低脚，十字街头立，有他家家好（9笔字）

7.　远看像座亭，近看没窗棂，上面直流水，下面有人行（6笔字）

8.　上边有太阳，地下才生长，上下合一起，夜晚天空亮（9笔字）

9.　三条鱼儿抢钓钩，两只小鱼左右守，一条大鱼在下头，不多不多真不多（4笔字）

10.　十字架上四把刀，棍子横在正当腰；好像拿着一把米，老师点名都到齐（7笔字）

◆ 赛一赛：看谁猜得快。

11. 落日照雁行斜 （9 笔字）

12. 一直下斜挑，两翅长得巧 （少笔字）

13. 树梢连着那树干，水将沸腾气不关 （4 笔字）

14. 开卷如人上阶梯，与时俱进靠学习 （4 笔字）

15. 三根棍，搭间房，可挡雨，能遮阳 （少笔字）

16. 尾巴长，毛儿飘，会拉车，能奔跑 （少笔字）

17. 两条小树梢，两个屋檐角，两只燕子窝，不少真不少 （6 笔字）

18. 一只怪耳朵，长在斜坡坡；每天都锻炼，身体劲多多 （少笔字）

19. 远远一张帆，飞来两只雁；水大能摧毁，力大能往前 （6 笔字）

20. 地上十字道，天上太阳照；孩子去学校，天天不迟到 （6 笔字）

◆ 亲子时光：我和家人一起猜！

21. 三条小河，汇成大河 （少笔字）

22. 新月挂帆前，猜中就有钱 （4 笔字）

23. 再给栏加个桩，成为标准有形状 （10 笔字）

24. 手夹丸子，点点滴滴，火锅煮沸，开始保温（10笔字）

25. 小方花窗，右边没框，左站一女，姓氏中想（10笔字）

26. 树梢挂着鸟笼，家政请到家中，报酬不用找零（多笔字）

27. 上面三角形，下面四边形。娃娃演节目，个个小精灵（5笔字）

28. 三字穿心箭，月旁先发言；若是懂礼貌，嘴上天天见（10笔字）

29. 一树落两鸟，日头当空照，转眼望过去，基层又在找（14笔字）

30. 驼背公，力气大，车水马龙背上跑，勤奋不比驴马差（10笔字）

31. 有流星，有剑戟，有拐子，有双棍，想练武术，请来此山（6笔字）

32. 小窗外边树梢动，小桌上边月牙映；你若看不到，用耳知分明（7笔字）

33. 一双筷子，一把勺子，争着抢着夹咸菜条子，每个小朋友都有两只（4笔字）

34. 上边两撮眉毛画，中间一个鼻梁描，下边有嘴张得大，有了问题就说话 （12 笔字）

35. 旗子抖得杆子弯，云儿飘得无顶尖，十字街头行一遭，千家万户得安然 （9 笔字）

36. 一只小爪真厉害，抓住木头不松开；天上吹来三股风，抬头一看云朵来 （11 笔字）

37. 三横一竖棍四根，一人扛肩不怕沉；遇到蜻蜓捉一通，急急忙忙追时辰 （10 笔字）

38. 没有鼻子没有眼，牙齿长在耳朵边；一看就知不正派，及时改正不算晚 （6 笔字）

39. 一轮红日升起来，光阴靠钱买不来，错过后悔不再来，分分秒秒用起来 （7 笔字）

第二十五讲　综合法

综合法就是在一条谜语中，运用多种方法猜射谜底。

规律特点

多种猜射方法相互交叉、混合，不易找到突破口。

注意事项

综合法需猜射者耐心、周密思考，坚决克服急躁心理和畏难情绪，慢慢梳理，认真分析，很快就会发现其中玄机，从而探寻到谜底。

实例解析

一、拟人、借字、写义综合

例　莺莺红娘去上香，香头插在案几上，远看好像张秀才，近看却是一和尚　（7笔字）　秃

解析：谜面通过各种形象化的人或物来揭示谜底，借用了“香”“几”二字。借用“香”时，又转了个弯子，强调是“香头”，即“禾”字。后两句又着重写义。“远看好像张秀才”，这是虚晃一枪，暗示谜底字类似“秀”字；“近看却是一和尚”，一语又道破了谜底为“秃”字。

二、离合、象形、提音综合

例 出闺门，雁阵斜飞闻笳声 （8笔字） 佳

解析：“出闺门”扣“圭”，用离合法。“雁阵斜飞”扣“亻”，用象形法。传统“雁阵”象形“人”字，一个“斜”字，让“人”成了“亻”，动感十足。“圭”和“亻”组合成“佳”。“闻笳声”用的是提音法，进一步暗示猜谜者，是“笳”的同音字。前后综合分析，得出谜底为“佳”。

三、写义、借字、组合综合

例 人说乡下变了样 （9笔字） 绘

解析：“说”，即云。“人”“云”构成“会”字，“乡下变了样”即“乡”字变形，成为“纟”。前后组合成“绘”字。

例 请猜谜，不要说话不要走，且在一旁，对着细想（11笔字） 粗

解析：此谜中，“猜谜”偷换概念，并非实质性的猜谜语，而是用“猜”和“谜”本身两个字，从中将“请”字减掉，剩下“米”“且”，组成“粗”。“不要说话”和“不要走”，就是暗示猜者将其剪掉。

四、方位、借字、组合综合

例　人在台北两分离（4笔字）公

解析：“人”字分离则为“八”字；北，方位词，是地图的上方；台北，即“台”字之北，北即为上，乃“厶”。前后组合是“公”字。

五、拆字、象形、组合综合

例　山谷之中采蘑菇（少笔字）个

解析：“山谷之中”可理解为“山之中”和“谷之中”两部分。“山之中”即为“丨”；“谷之中”即为“人”，可并为“个”字。“蘑菇”，此处用象形法，即把“个”字象形比作蘑菇。

六、借代、象形、提音、组合综合

例　一缕东风桥上过，闻声疑似纪昀来（6笔字）军

解析：此谜包含借代、象形、提音三法。“东风”是汽车品牌，借为“车”字；“桥”可以想象成“冖”。“纪昀”在这里既是汉字组合，又是提音，谜底字的声母“j”与“纪”同；谜底字的韵母“ün”与“昀”同。“纪昀”组合成人名（即纪晓岚），同时连拼的“jun”提音暗示“军”。

七、移位、抵消、写义综合

例 扶贫获丰收，脱贫齐叫好 （11 笔字） 捧

解析：“扶贫获丰收”告诉猜者，把“扶”与“丰 ”结合，即可组成“捧”。此时必须将“丰”中的一个“一”(横)，进行位置的移动，才能构成“捧”字。谜面出现两个“贫”字，用抵消法，“贫”“脱贫”互相抵消。“齐叫好”，则用会意法，“捧”，有奉承、吹捧之意。

八、加字、会意、提音综合

例 小月画像引笑声 （7 笔字） 肖

解析：“小”“月”二字合为“肖”，用的是加字法。“画像”理解为人或物的形象，用的是会意法。“引笑声”即用“笑”字的读音，提示与谜底“肖”同音，这用的是提音法。

九、抵消、离合、写义综合

例 教子行孝人勤勉 （7 笔字） 孜

解析：“教子行孝”，暗示“孝”字从“教”中去掉，即随着抵消词“行”被抵消。剩下“夂”“子”两部分，便组合成“孜”，此处用的是离合法。“孜”乃勤勉不懈怠之意，又用了会意法。

十、离合、借代、写义综合

例　早日省悟能成器（11 笔字）械

解析：此谜面文字应断句，即“早日省/悟能/成器”。“早日省”，即“早”字之“日”字省去，余“十”字，采用离合法。“悟能”乃猪八戒之法号，“八”“戒”和“十”合成“械”。“器”，乃器械之意，用写义法。

例　党中央在前头引领未来就是好（12 笔字）善

解析：“党”字中央取“口”；“前”字之头乃“丷”“一”。“未”在生肖中对应的是“羊”，此处用借代法。“口”“丷”“一”“羊”组合成“善”。善，乃善良、美好之意，又用到了会意法。

猜谜能手

◆ 比一比：哪个小组是第一？

1. 忙里出错直烦闷（9 笔字）
2. 大国外交，用心倾注（9 笔字）
3. 披星戴月来，开始改区貌（10 笔字）
4. 中国“两弹一星”受人点赞（11 笔字）

5. 嫂子，有风，走好，有嗖声 （13 笔字）

6. 上司一同下基层，打场比赛下盘棋 （7 笔字）

7. 南字反方向，口字在中央，上下廿四点，请你细思量 （多笔字）

8. 一头牛，没有头，天天来，天天走，要见它，日当头 （4 笔字）

9. 原来在山西，要摆正心态，叫一声夫人，字得写大点 （4 笔字）

10. 天上雨点掉，田里正需要；它们合一起，声大真热闹 （13 笔字）

◆ 赛一赛：看谁猜得快。

11. 参与改革写人生 （9 笔字）

12. 为政不正，权必先得而后失 （8 笔字）

13. 废墟后，三间平房上降半旗 （10 笔字）

14. 致富之后乡貌改，从小说起小变化 （8 笔字）

15. 三层楼里，住着女生，学弟学妹，别喊师兄 （8 笔字）

16. 明日落下，梁栖双鹰，钩子棍子，领头先冲（9笔字）

17. 献上爱心，十分投入，获得百分，成为第一（9笔字）

18. 天上白云飘，园中百花开，快来数一数，多少我知道（6笔字）

19. 高高在上方，腰带中间缠，几位迈开腿，闪闪放光芒（9笔字）

20. 左边不出头，右边歪着头，两边凑一起，把酒灌进喉（8笔字）

◆ 亲子时光：我和家人一起猜！

21. 路在脚下行千里（9笔字）

22. 写人用心，入木三分（12笔字）

23. 高层先粉饰，就图个方便（9笔字）

24. 得病之前好调皮，忙忙碌碌觉困倦（10笔字）

25. 因为知心而痴心，一手捅破心好疼（12笔字）

26. 顺手掏出半瓶酒，模样显得好顽皮（11笔字）

27. 令妇女解放翻了身，领头进山建设家园（8笔字）

28. 李子一落，飞来一鹤。春天飞絮，秋天叶落（7笔字）

29. 一间平房，一扇小窗，顶上落雁，坐北朝南（6笔字）

30. 左边看有权，右边看成对，整体上来看，村里又相会（9笔字）

31. 一个口，特别大，十一二月能装下，小朋友们用笔画（8笔字）

32. 考古挖开底，钱币藏一叠；没有啥东西，真找不到北（9笔字）

33. 脑袋扬，身子胖，中间小口轻轻张，朵朵葵花朝太阳（6笔字）

34. 汁上漂菜叶，小口馋得喝；汤水润舌头，人生快乐多（9笔字）

35. 三个人之中，只能取一人；除了我和他，就你最专心（11笔字）

36. 盖座四层楼，天线竖上头；有人旁边站，在为价格愁（10笔字）

37. 孤单一个口，挨着一十口，压着二十口，笑得不合口（多笔字）

38. 有车还有船，茅草盖上边；花开在水里，出泥而不染（10笔字）

39. 十一是头，带中是腰，几字是腿；站在一起，坚硬外皮（7笔字）

40. 小弟刚会走路，曲折拐弯散步；时代发展迅速，让他快投送出（10笔字）

41. 十万大军压境，戈刀压住敌兵；十万人马守城，共同进行战争（多笔字）

42. 一横一框未关门，里面有俩小小人；小人并站很齐心，头上顶着一根棍（7笔字）

43. 三只小鸟上下摇，一只蝴蝶迎风飘；有人前来看热闹，耸肩勾脚佝偻腰（12笔字）

44. 船橹桨横在中间，两小孩上下分站；茫茫大海一小船，好像树叶浮水面（6笔字）

45. 海口吹得高过天，不知身旁有人言；难怪别人批评你，总是跟在错后边（9笔字）

46. 前边树立大旗杆，一个拐子抬脚尖；一道眼眉被遮挡，一个小口在里边（6笔字）

47. 宝字盖下八字眉，眉下鼻子和大嘴；嘴里含着多半个，不放门口安室内 （12 笔字）

48. 横折竖横缺左边，竖折弯钩紧相连；与箭一起别乱射，保护动物大自然 （少笔字）

49. 左边小快刀，刃处两根草；右边一耳朵，就是割不着；方位别搞错，这边找不好 （6 笔字）